1%의 우정

옮긴이 _ **최복현**

서강대에서 불어교육학으로 석사 학위를 받았고, 상명대학교 대학원에서 불문학 박사 과정을 수료했다. 1990년 동양문학 〈시 부문〉 신인상, 1991년 농민문학 〈수필 부문〉 신인상으로 등단했다. 시, 소설, 수필, 인문, 자기계발서 등 다양한 분야를 넘나드는 활발한 저작 활동을 해 왔으며, 〈어린 왕자〉를 비롯한 번역 활동도 열정적으로 해 왔다. 지금까지 쓰고 옮긴 책이 80여 권에 이른다. 현재 저작 활동과 병행하여 기업체, 공무원 교육원, 각급 도서관 및 학교, 문화센터 등에서 글쓰기 강의 및 행복, 자기관리, 그리스 신화 등을 주제로 인문학 강의 및 고전 명작 읽기 강의도 활발히 진행하고 있다. 지금까지 펴낸 책으로 『신화 드라마』, 『신화, 사랑을 이야기하다』, 『명작에서 멘토를 만나다』 등의 책이 있으며, 최근에 출간한 『행복하기 연습』은 독자들의 꾸준한 사랑을 받고 있다.

전신마비 백만장자와 무일푼 백수가 만드는 특별한 감동실화!

1%의 우정

필립 포조 디 보르고 지음 | **최복현** 옮김

작은씨앗

1%의 우정

지은이 | 필립 포조 디 보르고
옮긴이 | 최복현
초판 1쇄 발행 | 2012년 3월 7일
초판 3쇄 발행 | 2012년 3월 20일

발행처 | 도서출판 작은씨앗
공급처 | 도서출판 보보스
발행인 | 김경용
기획편집 | 이재두
디자인 | 파피루스

등록번호 | 제300-2004-187호 등록일자 2003년 6월 24일

주소 | 서울시 서초구 서초동 1355-17 서초대우디오빌 1008호
전화 | (02)333-3773 | 팩스 (02)735-3779
이메일 | ky5275@hanmail.net

ISBN 978-89-6423-136-4 03860

값은 뒤표지에 있습니다.
잘못된 책은 구입하신 서점에서 바꾸어 드립니다.

이 도서의 국립중앙도서관 출판시도서목록(CIP)은 e-CIP홈페이지(http://www.nl.go.kr/ecip)와
국가자료공동목록시스템(http://www.nl.go.kr/kolisnet)에서 이용하실 수 있습니다. (CIP제어번호: CIP2012000864)

주기도문

하늘에 계신 우리 아버지시여,
그곳에 그대로 있으소서!
그리고 우리를 지상에 머물도록 하소서!
가끔은 아주 아름다운 이 지상에…….

자크 프레베르

프롤로그

전신 마비 백만장자와 무일푼 백수가 빚어내는 아주 특별한 휴먼 감동 에세이!

2010년 1월의 어느 날, 나는 영화 〈언터처블 : 1%의 우정〉의 감독 올리비에 나카체와 에릭 트레다노를 만났다. 그들은 그로부터 몇 년 전 장 피에르 드 빌레가 연출한 미레유 뒤마에 관한 한 시간 정도 분량의 다큐멘터리를 이미 관람한 바 있다고 했다.

2002년에 출간되었던 『삶에게, 죽음에게』는 사지가 마비된 부유한 특권층에 속하는 나와 교외에 거주하는 이민자 출신의 가난한 젊은이 압델과의 사이에 있었던, 상식적으로는 도무지 일어날 것 같지 않은 특별한 만남을 되새기고 있다. 모든 사람의 예상을 깨고 우리 두 사람은 여러 해 동안 서로 도우며 즐겁게 지냈다. 내가 만난 두 영화감독들 올리비에와 에릭은 바로 이 이야기에 각별한 관심을 가지고 있었다.

나는 이미 캐스팅이 확정된 여러 배우들과 함께 에사우이라에 있는 나의 집에서 나와 압델을 연기할 주연배우들, 프랑수아 클루제와 오마 사이를 반갑게 맞이했다. 이후로도 우리는 영화 작업을 위해 서로 자주 만나곤 했다. 나는 무척이나 즐거운 마음으로 내가 할 수 있는 최대한 열정적으로 시나리오 작업에 참여했다.

지금은 절판되었지만, 나의 첫 번째 책 『두 번째의 숨결』은 프랑스에서 대단히 성공적인 작품으로 평가받았다. 바이아르 출판사 편집장 프레데릭 보예는 영화 〈언터처블 : 1%의 우정〉의 프랑스 개봉에 즈음하여 새로운 서문을 쓰고, 이제까지 발표되지 않은 원고를 보충하여 재출간하자고 내게 제안해 왔다. 그런 까닭에 2004년 모로코에서 카디자와 나의 만남까지를 다룬 이야기인 『악마지기Le diable gardien』는 1998년에 끝이 난 『두 번째의 숨결Le Second souffle』의 연장선상에 있다고 할 수 있다. 요컨대, 이 기간은 영화 〈언터처블 : 1%의 우정〉의 시나리오 작업 시간과 거의 정확히 일치한다.

영화가 갖는 여러 가지 제약이 있는데다 시나리오 작업에 참여한 사람들의 상상이 보태졌으므로 많은 상황들이 단순화되었고, 대폭 수정된 부분도 있으며, 삭제하거나 첨가한 부분도 더러는 있을 것이다. 프랑스판 영화 제목 '앵뚜샤블intouchable'은 여러 사람이 머리를 맞댄 채 수십 가지 제목을 놓고 오래 궁리하고 논의한 끝에 정해진 것이다.

북아프리카 마그렙의 토박이인 압델은 프랑스에 온 뒤 꽤나 오랫동안 마치 인도의 최하층민인 파리아(불가촉천민)와 같은 소외감을 느끼며 살아야 했다고 한다. 사람들은 해코지를 당할 위험을 무릅써야만 그와 겨우 접촉을 시도해 볼 수 있었다. 프랑스에서 그는 그야말로'앵뚜샤블(언터처블!)'이었던 셈이다. 실제로 그는 여러 해 동안 어두운 뒷골목 세계를 어슬렁거리며 살았는데, 어찌나 몸이 단단하고 민첩한지 그를 잡기 위해 혈안이 돼 있는 경찰들조차 딱 한 차례만 가까스로 체포하는 데 성공했을 정도였다.

나로 말하자면 파리의 특급 호텔을 둘러싸고 있는 높은 벽들의 보호를 받는, 재산에 관한 한 적어도 궁핍함이라고는 모르는 특별한 종족에 속한다. 압델은 내 집을 '금빛 감옥'이라고 불렀다. 나를 둘러싼 높은 벽들로 인해 그 어떤 것도 내게 다가올 수 없으니(언터처블!) 감옥이 아니면 뭐냐는 것이었다.

나는 전신 마비 상태에 몸의 일부에만 감각이 있었는데, 참으로 얄궂게도 감각이 살아 있는 그 부위를 통해 끔찍한 고통이 수시로 찾아와 나의 몸과 영혼을 뒤집어 놓곤 했다. 그런 까닭에 사람들은 종종 자신이 내게 무슨 해코지라도 가하는 것 같은 기분 나쁜 착각을 이겨 내야만 겨우 내 어깨라도 만질 수 있었다. 말하자면, 우리 두 사람은 성격은 다르지만 둘 다 접촉이 불가능한 사람들, 즉 '언터처블' 인 셈이었다.

나는 만만치 않은 도전을 감행해 보기로 했다. '과거로 돌아가는 것'이 그것이었다. 그러기 위해서는 '증명'을 할 필요가 있었다. 물론 나의 기억력 자체에는 별다른 문제가 없었다. 하지만 제대로 과거로 돌아가기 위해서는 압델이 반드시 필요했다. 그와 나의 기억의 파편들이 조각퍼즐처럼 절묘하게 맞춰져야만 우리의 아름다웠던 추억이 비로소 완성될 수 있고, '과거로 돌아가기'가 성공적이 될 수 있기 때문이었다. 이것은 사실 대단히 중요한 문제였다. 하지만 안타깝게도 내 곁에는 압델이 없었다. 따라서 나는 '과거로 돌아가기'의 증명이 불완전할 수 있는 데 대한 변명을 한때 내 삶의 소중한 파트너였던 압델의 부재 탓으로 돌릴 수밖에 없었다.

사실, 따지고 보면 추억이란 아무런 문제없이 평안하게 지내는 사람들의 사치에 지나지 않는 것일지도 모르겠다. 하루하루를 비참하게 사는 사람이나 극심한 고통을 견뎌 내야 하는 사람들에게 기억이란 늘 현재에 멈춰 있거나 그날그날의 생존을 이어 가는 일의 고단함 속에 정지해 있었다. 『잃어버린 시간을 찾아서』의 저자 마르셀 프루스트의 '마들렌느 과자'는 상류사회의 신사에게나 가능할 법한 추억이었다.

1996년 베아트리스의 갑작스런 죽음으로 극도의 슬픔에 빠져 지낼 때부터 『두 번째의 숨결』을 첫 집필할 무렵까지, 그리고 극도의 신경학적 고통으로 괴로워하며 지내는 최근에 이르기까지 나는 이미 내 과거의 순간들을 담담히 떠올려 보기조차 어려운 지경에 빠져 있다. 육신의 끔찍한 고통은 기억을 죽이기 때문이다. 건강한 사람들은 삶의 이야기들과 회한들을 축적하면서 늙어 간다. 그러나 나는 극심한 육체적 정신적 고통으로 인해 나의 소중한 추억들을 잃어버리고 말았다.

자서전은 아무리 심사숙고하고 심혈을 기울여 쓴 것이라 하더라도 수많은 망각의 흔적과 거짓으로 점철될 수밖에 없는 운명을 안고 있다. 그런 까닭에 나의 자서전에서 다른 사람인 압델에 대해 이야기한다는 것은 마치 수많은 여백이 공간을 차지하고 있는 '점묘법'과도 같은 것이라 말할 수 있다.

나는 이 책에서 나의 기억을 바탕으로 압델에 대해 이야기하겠지만 어쩌면 불가피하게 압델이 아닌 '다른 사람이라는 인상'을 줄지도 모르겠다. 말하자면 나는 교육을 잘 받았을 뿐 아니라 사회가 만들어 놓은 여러 원칙들을 나름 준수해 왔고, 엘리트로 대접받으며 살아 왔다. 그런 내가 모든 규범을 적대시하고 사회에 대한 반항을 일삼으며 살아온 압델을 어떻게 한 치의 오차도 없이 표현해 낼 수 있겠는가?

나는 단지 그와 나 사이에 있었던 여러 사건과 에피소드들을 최대한 상세하고 세밀하게 이야기하고 분석하고자 애쓸 수 있을 따름이다. 따라서 내가 이 책에 기록한 내용 중 일부는 아마도 그에 대한 진실과는 거리가 먼 것일 수도 있다. 내 생각에, 이 이야기를 스크린

상에 생생히 옮긴 오마 사이는 나보다 한결 자유롭게 그 진실에 접근하고 있는 것 같다. 탁월한 연기는 간단한 동작 하나로 수천 마디 설명을 단숨에 뛰어넘어 버리는 법이다!

나는 단순한 심심풀이 땅콩이 아닌, 조금은 특별한 책을 쓰고 싶었다. 나는 그의 애틋한 추억과 호의에 가까운 호감들이 담긴 '실제의' 초상을 불행한 것으로 만들고 싶지는 않았다. 작위적으로 만들어 낸 낙천주의나 하찮은 거짓말 또한 아니길 바랐다. 어쨌든 소외된 자들의 세계와 비교적 가깝게 지내 왔던 지난 20여 년의 시간들이 사회와 사회악들에 대한 나의 시선을 보다 날카롭게 했고, 이제는 내게 분명해진 몇몇 치료약들을 나눌 수 있게 해 준 것만은 분명한 사실이다.

악마지기, 즉 압델 덕분에 나는 그 비극적인 일들을 겪기 전에는 분명 나의 것이기도 했던 해학을 되찾을 수 있었다. 영화 〈언터처블 : 1%의 우정〉은 가볍고 쾌활한 웃음의 템포로 전개된다. 물론 나는 아직도 여전히 위중한 상태이다. 프랑수아 클루제는 그것을 자기 방식대로 소화하여 관객이 이해할 수 있도록 만들어 줄 것이다.

연출자 에릭과 올리비아, 영화 제작자 니콜라스 뒤발과 아다소브스키, 편집자 페레데릭 보예는 협회 '시몽 드 시렌'에 이 영화에 관한 일반 저작권을 인정해 주었다. 이 협회는 내가 오랫동안 몸담고 주재했던 단체로, 장애인들과 친구들을 위해 서로 나누는 삶의 소중한 공간들을 만드는 데에 가장 중요한 목적을 두고 있다. 그들은 이에 대한 감사를 표하고 있다. 마찬가지로 나도 에믈린 가보, 마넬 할립과 나에게 펜을 다시 잡도록 허락해 준 사랑하는 내 딸 래티티아에게 고마움을 전하고 싶다. 단언하건대, 내 딸이 없었다면 이 책은 영원히 빛을 보지 못했을 것이다. 또한 바른 교정을 위해 애써 준 순 와드, 미셸 오르셀, 미셸 앙리 보카라, 이브와 샹탈 발뤼, 막스와 마리 오딜 르 슈발리에, 티에리 베를리에게도 감사를 전한다.

차 례

프롤로그 전신 마비 백만장자와 무일푼 백수가 빚어내는 아주 특별한 휴먼 감동 에세이! 6

악마지기

1장. 내 삶의 소중한 지팡이 압델

나의 소중한 악마지기 19

100미터 달리기는 경찰을 따돌리고 도망칠 때나 필요한 것 22

수도원을 변화시키다 32

2장. 신은 여자일 리가 없어요!

내 인생에 위로가 되어 준 여성들 41

"신은 여자일 리가 없어요!" 45

"포조 씨, 왜 투자를 안 합니까?" 50

전신 마비 환자를 위한 6계명 54

존 아멜로크의 충격적인 성년식 57

"그 여자가 뜨거워졌어요!" 62

두 번째 아내 랄라 카디자와의 운명적인 만남 68

"삶은 미치는 거야, 정말 좋은 거라고!" 72

두 번째의 숨결

1장. 부유했던 어린 시절

종이와 연필 없이 삶을 이야기한다는 것 77
"콘돔을 하나 사려고요" 82
발기된 나의 '토토' 88
"공작님께서 많이 피곤하신가요?" 90
성찬식에 사용할 빵을 몽땅 훔치다 98
파란만장했던 코르시카 횡단 여행 108

2장. 베아트리스와의 운명적인 만남

베아트리스와의 운명적인 만남 115
'키스 머신'이라는 별명을 얻게 된 이유 119
끝없는 임신 실패 126
우리 삶에 경이로움을 선물한 딸 래티티아 134
괴물 같은 병마와 싸우는 베아트리스 136
아름다운 상파뉴에서의 행복한 나날들 143

3장. 내 인생에 희망을 불어넣어 준 두 번째의 숨결

잔인하게 부러진 날개 147
나의 감각을 송두리째 앗아간 글라이더 사고 154
담배를 즐겨 피우는 기관 절개 환자 170
서로 끔찍이 사랑하지만 포옹할 수 없는 관계 173
“다 좋은데, 여자는 때리지 말게!” 176
내 인생에 희망을 불어넣어 준 두 번째의 숨결 186
‘필립과 베아트리스’가 아니라 ‘베아트리스와 필립’이어야만 하는 이유 191
“알아, 아빠! 난 예수님을 보았어요!” 194
휠체어를 타고 다시 하늘을 날다 201
“이럴 땐 다리 부분이 위로 오게 하면 안 된다고!” 205
“압델, 슈베르트 음악 좀 틀어 주게” 215
나를 두고 세상을 떠난 고양이 파 디에즈 223

역자 후기 사람들과의 만남의 숭고한 가치를 깨닫게 해 준 고마운 책! 230

악마지기

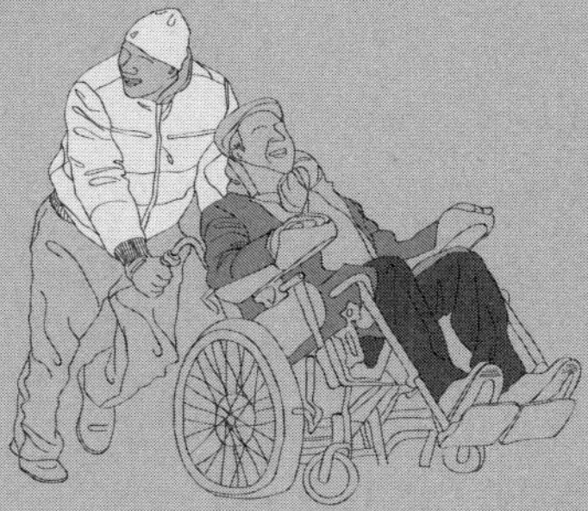

그가 없었더라면 나는 아마도
부패된 채로 죽어 버렸을지도 모르겠다.
압델은 내가 마치 자신에게 부여된
지상 최대의 과제라도 되는 듯 잠시도 관심의 끈을
놓지 않고 끊임없이 나를 보살펴 주었다.
또한 그는 아주 작은 신호에도 주의를 기울이며
내가 곤란한 일을 당하지 않도록 배려해 주었다.
그는 답답한 병원에 감금되다시피 있을 때면
기발한 방법으로 나를 석방시켜 주었고,
내가 약해질 때마다 힘과 용기를 불어넣어 주었다.
내가 의기소침해 있거나 우울해질 때면
그는 기필코 나를 웃게 만들었다.
그는 나의 사랑스러운 '악마지기'다.

1장

내 삶의 소중한 지팡이
압델

나의 소중한 악마지기

폐에 진행된 몹쓸 감염이 내 머리로 산소를 실어 나르는 혈액의 흐름을 방해하고 있었다. 나는 다시금 정신 착란 상태에 빠졌다. 의식을 되찾은 것은 가라슈 병원에서였다. 나는 생각했다. '어쨌든, 다시 지구로 돌아왔군!'

압델이 말했다.

"정신 착란 상태가 5일이나 지속됐어요. 참 이상하지 않아요? 당신이 다른 곳으로 떠났었다니……. 몸은 이렇게 침대 위에 그대로 누워 있었는데 말이죠. 당신이 그렇게 오랫동안 의식이 없는 상태로 있었다니요!"

나의 두 번째 아내 카디자가 내 나이 예순 살 생일을 맞아 우리가 살고 있는 모로코의 에사우이라에서 근사한 파티를 준비하고 있었다. 그녀는 모든 준비를 완벽하게 끝내고 100여 명의 방문객들이 모두 도착한 뒤 나를 파티장으로 데려갔다. 나의 두 아이들 래티티아와 장 로베르, 연로하신 나의 어머니, 숙모 엘리안, 나의 장모이자 카디자의 어머니인 랄라 파티마와 그의 가족들, 안느 마리, 코르시카에 사는 여러 친척들, 프랑스와 모로코에서 온 막역한 지기들, 패러글라이딩 동호회 친구 이브와 막스, 영화 〈언터처블 : 1%의 우정〉의 감독 에릭과 올리비에, 그리고 내 삶의 소중한 지팡이와도 같은 압델 등이었다.

비록 오랜 투병으로 지칠 대로 지쳐 있었지만 감동에 겨운 나는 내 생일을 축하하기 위해 먼 길 마다하지 않고 달려와 준 손님들과 아주 멋진 음악으로 우리의 귀와 심장을 만족시켜 준 피아니스트들, 언제나 힘이 되어 주는 나의 사랑하는 친구들에게 즉석에서 감사를 표했다.

"…… 예순 살이라! 돌이켜 보니 건강한 사람으로 40년, 장애인으로 20년을 살았습니다. 20여 년 전, 병원 응급실에서 나올 때부터 나를 수족같이 도와준 압델에게 누구보다 먼저 감사를 전하고 싶습니다. 그는 베아트리스가 세상을 떠나는 순간에도, 내가 육신의 병으로 괴로워할 때에도 어느 한순간도 나를 혼자 버려두지 않고 한결같이 함께해 주었습니다. 그는 그 고통스럽고 힘겨운 세월동안 사랑하는 나의 아이들과 내가 절망을 딛고 이곳 모로코에서 카디자를 만나 다

지금 사랑에 눈뜰 수 있게 되기까지 여러 번 나의 생명을 구해 주었습니다. 그가 없었다면 나는 결코 지금 느끼는 이 행복을 되찾지 못했을 것입니다."

압델, 그는 오랜 악습을 고친 후 내 삶의 소중한 보조자이자 귀한 동반자가 된 나의 악마지기다. 자신이 만나는 모든 사람에게 늘 적의를 품은 것처럼 보이던 그 악마지기는 지금은 결혼하여 세 명의 자식을 둔 한 가정의 든든한 가장이 되었다. 게다가 그는 얼마 전 작은 규모의 기업을 설립했고, 열정적으로 자신의 사업체를 운영해 나가고 있다.

100미터 달리기는 경찰을 따돌리고 도망칠 때나 필요한 것

170센티미터의 키, 타고난 힘의 소유자. 하지만 캐시어스 클레이보다는 훨씬 작다. 내가 '캐시어스 클레이'라고 말하자 압델이 정색을 하며 즉각 "무하마드 알리!"라고 정정해 주었다. 그런 다음 그는 신속하게 자기 웃음을 되찾았다.

강한 턱을 가진 그는 한 입으로 생 쇠고기를 찢고, 한자리에서 양고기 3킬로그램을 거뜬히 먹어 치울 수 있는 대식가였다. 그야말로 그는 진정한 '분쇄기'라 할 만했다. 강한 의지가 엿보이는 턱, 언제나 생기 있게 움직이는 미소 짓는 작은 눈, 완전히 삭발한 둥근 머리……. 그리고 그는 상표 달린 옷을 정성들여 잘 다려 입고 다니는 사람이었다.

압델은 불량 청소년으로 살았던 자신의 과거에 대해서는 좀처럼 이야기하지 않았다. 하지만 오랜 세월 가족처럼 그와 함께 지내면서 나는 이따금 그의 그런 거친 면을 자연스럽게 발견하게 되곤 했다. 나는 그가 마치 돌진하는 증기기관차처럼 100미터를 굉장히 빠른 속도로 달릴 수 있다는 것을 늘 기억하고 있었다.

"자네, 운동을 계속해도 좋았을 텐데……. 난 이 세상에서 자네보다 더 빨리 달리는 사람을 본 적이 없어!"

"더 이상 그렇게 빨리 달려야 할 필요가 없잖아요!"

"왜지?"

"그걸 진짜로 몰라서 물으시는 거예요? 100미터 달리기는 경찰을 따돌리고 도망칠 때나 필요한 거니까요."

"……."

그는 자신이 감옥에도 있어 봤다고 고백했다.

"오래는 아니고, 그래 봐야 고작 몇 달이었어요."

그러고는 잠시 손가락을 세며 따져 보더니 정확하게 기간을 이야기했다.

"18개월."

"무슨 죄를 지었었는데?"

"절도죄였어요. 작은 보석상이었죠. 그 일에 가담했던 친구들 모두 체포되었어요."

그는 무슨 일이든 도전하는 것을 좋아하는 성격이었다. 뒤로 빼거나 쭈뼛거리는 법이 없었다. 때때로 그는 어두웠던 시절의 기막힌 에피소드들을 정부 고위직에 있는 나의 공무원 친구들에게 주저 없이 이야기하곤 했다. 그 이야기를 듣던 내 친구들의 동공이 커지는 것을 나는 알 수 있었다.

"여러분도 잘 아시다시피 감옥이란 곳이요…… 겨울엔 따뜻하고 안락하잖아요. 게다가 텔레비전도 있고!"

내 친구들 앞에서 특히나 그가 이야기하기 좋아했던 주제는 프랑스의 사회 제도였다.

"내가 왜 일하고 싶어 한다고 생각하세요? RMIC(최저 통합 수당: 비소득자에게 정부가 지급하는 수당)를 받을 수 있는데 말입니다. 일하지 않고 가만히 있어도 주택 수당 나오죠, 무상으로 진료 받죠……. 하지만 그거 바꿔야 합니다."

그는 200장의 CD가 들어 있는 고급 주크박스(동전을 넣고 단추를 눌러 곡을 지정하면 음악이 나오는 장치)를 근사하게 포장한 뒤 내게 생일선물로 주었다. 이후 꼬박 나흘 동안 그가 준 CD로 내내 클래식 음악만 들었다. 그는 내게 영수증을 내밀며 장난스럽게 말했다.

"문제가 있을 경우에는 무료로……."

이것이야말로 진정한 선물이다!

그는 다양한 브랜드의 최고급 향수, 최신형 전화기와 휴대용 컴퓨터, 하이파이 세트, 텔레비전 수상기들을 구입할 것을 가끔씩 내게 제안하곤 했다. 그때마다 나는 이렇게 말했다.

"압델, 자넨 내가 그런 속임수에 잘 넘어가지 않는다는 걸 아직 모르나?"

"알죠. 하지만 제가 보증할 게요. 이건 품질이 정말 좋고, 가격도 비교적 저렴하다니까요!"

그렇게 매번 나는 그의 수작에 넘어가 딱히 필요하지도 않은 물건들을 그가 집안에 들여놓는 것을 묵인해야만 했다.

"압델, 자넨 법 밖에서 사는 것이 지긋지긋하지도 않은가 보네. 질이 안 좋은 뚜쟁이들, 장물아비들, 마약 밀매업자들을 그토록 자주 만나다니……."

그가 내 말을 가로막는다.

"잠깐만요. 전 사창가에도 드나들지 않고 마약 밀매도 전혀 안 합니다. 그런 일들은 제 종교적인 원칙에 위배되는 일인 걸요."

그는 실제로 술을 입에 대는 일이 별로 없었다. 담배도 잘 피우지 않았다. 그러나 그 외의 다른 일들에 대해서는 자신에게 굉장히 관대한 편이었다.

나는 며칠 전부터 병으로 자리에 누워 있었다. 나의 간호조무사 로렌스가 내가 구술한 편지를 한 통 들고 있었다. 경찰관 두 명이 내 방에 나타났다.

"그날 밤 마약 주사를 맞았던 사람의 신분에 대해 선생님께 몇 가지 질문을 좀 드리려고 합니다. 저희가 확보한 정보 파일에 선생님의 자동차 이름이 기록되어 있거든요."

"그게 내 지시로 이루어진 일이란 말이오?"

그는 아름다운 내 자동차들 중 한 대에 타고 있는 압델의 사진을 앞으로 내밀었다.

"이 자동차, 선생님 소유로 돼 있는 차가 맞죠?"

"네, 맞아요. 인정합니다. 로렌스, 마당에 파란색 재규어가 있나 잠시 살펴봐 주겠소?"

로렌스는 내 말을 즉각 알아차렸다.

"아니오, 포조님. 없습니다."

"있을 수 없는 일이군. 그럼 자동차를 도둑맞기라도 했다는 건가요?"

"난 당신이 무슨 말을 하는지 모르겠어요."

"선생님은 이 사람을 알고 있습니까?"

"아니오. 경찰 양반은 그 사람의 이름이 뭐라고 생각하나요? 그리고 로렌스 당신은……?"

로렌스는 순진하게 몸을 기울이며 말했다.

"저도 모르겠어요. 저도 확실히 모르는 사람이에요."

경찰은 그 정도의 둘러대는 말에 쉽게 속아 넘어가지 않는 사람들이지만 고통을 겪고 있는 사지 마비 환자, 4각으로 찢어진 미니스커트 차림의 여비서 앞에서 더 어떻게 해 볼 도리가 없었다. 그래서 그들은 이렇게 말한 뒤 돌아갔다.

"잘 들으세요. 선생님의 자동차에 대해서건 그 자에 대해서건 뭔가 새로운 소식을 듣게 되면 지체 없이 우리에게 연락해 주셔야 합니다."

"물론입니다, 선생들! 누추한 내 집에 이렇게 방문해 주셔서 고맙소!"

압델이 집에 돌아온 후 내가 그 일에 대해 이야기하자 그는 자지러지게 웃어 댔다. 너무 웃는 바람에 눈물까지 흘려야 했다.

"둑방길로 시속 150킬로미터도 넘게 달렸으니 마약 복용한 걸로 보였을 만도 하지요!"

"브라보, 압델! 그런데 그 자동차로 둑방길을?"

"그게 전부예요. 그렇게 달리다가 그만 벽을 들이받고 말았어요."

그는 그렇게 말하면서 열쇠 꾸러미를 내밀었는데, 고통으로 얼굴을 몹시 찡그렸다. 자동차 사고로 골반이 골절되었던 것이다. 결국 허리 관절에 두 개의 보철을 해야 했지만 서 있는 데 크게 지장은 없었다.

압델은 미레유 뒤마가 진행하는 〈사적 생활, 공적 생활〉이란 방송 프로그램에 출연하여 자동차 괴담에 대해 자세히 이야기했다. 뒤마 여사는 무척이나 재미있어하며 말했다.

"그게 설마, 사실이란 말은 아니겠죠?"

나는 무척이나 부끄러웠다. 근데, 압델은 그걸로도 모자라 한 술 더 떴다.

"다른 이야기도 많다니까요!"

압델과 자동차들……, 그것은 그 자체로 훌륭한 소설의 소재이다. 그는 언제나 앞에 있는 자동차에 바짝 붙을 정도로 과속을 했고, 운전 중에 자주 눈을 감고 잠을 잤으며, 정지 신호에서 멈추는 법이 없었다. 그는 종종 자기를 '에어통 압델'이라는 별명으로 불러 달라고 했다.

어느 날 우리는 내 소유로 되어 있는 18세기 건물의 개축 공사를 지시해 둔 건축 현장을 살펴보기 위해 자동차를 타고 출발했다. 작업장을 전체적으로 관리 및 감독하는 일은 압델이 맡고 있었다. 그는 쭉 뻗은 자동차 도로를 시속 200킬로미터에 가까운 무시무시한 속도로 달렸다.

"더 속도를 낼 수도 있겠는데요. 아직 액셀러레이터를 제대로 밟지 않았거든요."

"압델, 앞 자동차들한테 붙지 말게. 그리고 제발 눈을 뜨고 운전하란 말이야!"

"제기랄, 톨게이트에 경찰들이 있어요."

그가 말했다.

경찰이 압델에게 차를 아래쪽으로 대도록 지시한 뒤 운전면허증을 보여 달라고 요구했다. 압델은 면허증을 제시하며 말했다.

"지금 매우 위급한 상황입니다. 이분은 지금 고혈압이 터져 생명이 위험하단 말이오."

나는 구석에서 신음했다. 압델은 손으로 나를 일으키고는 나의 사지 마비 상태를 강조하기 위해 나를 천천히 움직이게 했다.

"1분 내로 관을 뽑아 내지 않으면 머리가 터지고 말 거예요."

그러자 그 경찰관은 처음엔 주저하다가 압델에게 면허증을 돌려주고 근처에 있는 다른 동료를 불러 잠시 상의하더니 오토바이를 타고 비상 사이렌을 요란하게 울리며 베르통 병원을 향해 빠른 속도로 우리의 길을 열어 주었다.

"우리가 지금 무슨 장난을 친 거죠?"

압델은 몹시 즐거워했다.

병원에 도착하자 오토바이를 타고 온 경찰들 중 한 명이 응급 처치 전문의들에게 위급한 환자가 있다고 알렸다. 압델은 들것 위에 충격 완화용 쿠션을 깐 다음 어안이 벙벙해 있는 경찰관들이 지켜보는 가운데 자동차에서 나를 나오게 했다.

압델은 들것에 나를 눕히고는 피가 돌게 한다는 명분으로 내 얼굴을 손바닥으로 사정없이 때렸다. 경찰들은 쾌유를 빈다고 말하며 우리에게 정중히 인사를 한 뒤 물러갔다.

"압델, 꼭 이렇게까지 할 필요가 있나?"

나는 그가 하는 짓이 못마땅해 불퉁거렸다. 그러나 그는 대꾸도 하지 않고 자기 할 일에만 몰두해 있었다. 그래서 나는 더 큰 소리로 물었다.

“압델, 도대체 무슨 일이야? 진짜로 내가 머리라도 다친 건가?”

“아, 포조 씨! 정신을 차리셨어요? 아무 일도 아닙니다. 이제 병실로 이동해서 치료를 받아야 합니다.”

그는 간호사 쪽으로 고개를 돌리며 “잠시 문 좀 열어 주시겠습니까?” 하고 말했다. 그러고는 나를 병원 구급차에 다시 태웠다.

이 사소한 에피소드를 뒤로 한 채 우리는 18세기의 웅장한 개축 공사 현장을 방문했다. 한데, 그 무렵 악천후로 인해 공사는 잠정 중단되어 있었다. 그 바람에 자재들은 커다란 벽난로에 집어넣어져 양고기를 구워 먹기 위한 연료로 사용되고 있었고, 새로 설치된 유리들은 악천후를 견디지 못하고 여기저기 들떠 일어나 있었다. 게다가 건장한 체격의 남자들의 경우, 머리를 부딪치지 않고 일 층 계단을 지나갈 도리가 없을 정도로 너무 좁게 설계되어 있었다.

“자네를 위해서도 그렇고, 다른 사람들을 위해서도 이건 문제야! 여기에 여분의 휠체어를 항상 비치해 둬야겠어.”

그 밖에도 문제가 많았다. 요리를 하기 위해 주방에 접근하는 것도 쉽지 않은 구조였다. 그래서 주방에 가려면 밖으로 잠시 나갔다가 들어올 수밖에 없었다. 게다가 욕실 문은 거꾸로 세워져 있었고, 휠체어를 타고 들어갈 수도 없었다. 그야말로 총체적인 부실 공사였다.

나는 즉시 작업을 중단시켰다.

집으로 돌아오는 길에 구조를 어떻게 변경해야 할지 논의하기 위해 나는 운전 중인 압델에게 말을 걸었다.

“압델, 자네 또 자나? 자네 앞 차에 너무 바짝 붙는 거 아닌가?”

“걱정하지 마세요!”

돌아오는 길에 압델은 속도가 느린 앞 자동차들과 다시 여러 번 충돌했다. 나는 방송 진행자 미레유 뒤마의 도저히 믿을 수 없다는 듯한 그 표정을 누구보다 잘 이해하고 있었다.

수도원을 변화시키다

뭐 하나 제대로 진행되는 일이 없었다. 파리의 겨울은 길고 고통스럽게 이어졌다. 내 얼굴은 알레르기로 부풀어 올랐다. 나는 이제 더 이상 침대를 떠나지 않았다. 방에 커튼을 쳤다. 오직 음악만이 업무 시간도 없고 방문객도 없는 지루한 나의 일상 속으로 침투해 들어오고 있었다. 리하르트 슈트라우스의 음악이 있는 유언(4개의 마지막 가곡)은 바야흐로 천상의 곡선으로 넘어갔다.

압델은 내 사촌 앙투안에게 연락을 취했고, 그는 즉각 달려왔다. 나는 울고 있었다. 통증이 너무 심했기 때문이었다. 압델은 내 머리 위에 얼음주머니를 올려놓고 젖은 수건으로 덮어 주었다.

앙투안은 친구들에게 조언을 구한 결과, 생 로랑 입구의 휴양지를 하나 제안해 주었다. 그곳은 다름 아닌 작고 조용한 수도원이었다.

"보름 내에 아가페테라피로 가는 거야!"

아가페테라피는 그리스어로 '사랑에 의한 사지 마비'라는 뜻이라고 사촌이 설명해 주었다. 압델은 자기 손을 문지르며 아무 말도 하지 않고 서 있었다.

"압델, 나를 천국으로 보내 주게, 제발!"

"그래요, 수도원에 가요. 그럼 되잖아요!"

그가 불만스러운 듯 대꾸했다.

창사 10주년을 축하하는 캐나다의 복음 방송 텔레비전의 소유자가 인터뷰 요청을 하기 위해 나를 방문했다. 이 방송과는 언젠가 한 번 파리에서 인터뷰한 적이 있었다. 그다지 기독교적이 아닌 내 인터뷰 내용이 캐나다에서 여러 차례 방송되었다. 최고급 호텔에 거주하는 귀족 마비 환자와 무슨 일에든 거침없이 솔직하게 말하는 그의 보조자는 서로 티격태격 잘 지내고 있다—. 뭐, 그런 내용이었다. 나는 수도원에서 지내는 마지막 날 그들의 쇼에 출연하기로 돼 있다는 것을 확인했다.

우리는 캐나다 몬트리올행 비행기를 타고 있었다. 비행하는 동안 압델은 스튜어디스에게 여러 번 기내식과 마실 것을 요구했다. 그는 몬트리올에 도착하면 무엇보다 먼저 자동차를 렌트해야 했다. 그는 호텔에 짐을 풀고 가서 가장 큰 차를 렌트해서 돌아왔는데, 유리가 검게 선팅이 된 링컨 콘티넨털 리무진이었다. 우리가 하룻밤을 보내야 하는 몬트리올에 눈이 내리고 있었다. 그는 배가 고프다며 근사한 레스토랑에 가서 저녁을 먹자고 제안했다. 그러고는 어느 레스토랑에 가서 닭요리를 주문한 다음 음식이 나오자 눈 깜짝할 사이에 먹어 치웠다. 배가 부르자 그는 여유 있는 표정으로 보도에서 열을 지어 다니는 창녀들을 힐끔힐끔 곁눈질했다. 나는 그에게 호텔에 창녀를 데려오는 것을 엄격히 금지시켰다. 그러자 기분이 상한 그는 자신이 부담해야 할 돈을 내가 대신 지불할 필요는 없다고 퉁명스럽게 대답했다.

그다음 날 새벽, 천 킬로미터를 두루 여행하기 위해 우린 느린 속도로 출발했다. 그는 속도 제어기를 연결한 다음 끝없이 펼쳐진 자동차 도로를 따라 거의 반쯤 잠자다시피 하며 운전을 했다. 우리는 생 로랑을 따라가는 눈이 깔린 좁은 길로 접어들었다. 캄캄한 밤이 되었다. 압델은 그곳 원주민들이 세워 놓은 표지판들을 제대로 이해할 수가 없어서 길을 잃어버리고 말았다. 그렇게 한참을 헤매다가 우리는 마침내 기다랗게 생긴 허름한 목조 건물을 하나 발견했다. 우리는 그 앞에 주차를 하고 건물 안으로 들어갔다. 주차장에는 이미 여러 대의 차들이 주차되어 있었다. 그것은 카푸신 수도회에 속한 건물이었다. 어쨌든 우리는 제대로 찾아온 셈이었다.

이곳의 규칙은 가난을 받아들이고 순수한 삶을 살 것을 맹세하도록 되어 있었다. 우리는 수도복을 받아 갈아입고 샌들로 바꿔 신은 채 그곳에 들어가야 했다. 수녀들은 호화로운 차를 보고 한 번 놀라고, 잠시 후 그 차에서 나온 사람들 때문에 또 한 번 놀라는 것 같았다. 압델은 먼저 이동식 안락의자를 펼쳐 놓은 다음 낑낑대며 나를 끌어냈다. 내가 그곳에 있는 동안 근육 위축 증세가 나타나자 수녀들은 무척이나 놀랐다. 한 수녀가 우리에게 다가와 준수해야 할 엄격한 규칙을 하나하나 알려 주었다. 그러고는 조용히 여자들을 위해 마련된 다른 층으로 올라가 버렸다. 압델의 방에는 '여기는 하나님이 계신 곳'이라는 표지판이 붙어 있었다.

이곳의 하루 일정은 완전 스파르타식이었다. 아침 7시 기상, 밤 10시 30분 소등이다. 압델은 이곳에서의 생활을 무척이나 지루해했다. 그는 어떤 '성인'에게 헌신해야 할지, 어떤 '유방'에 헌신해야 할지 모르겠다며 투덜대기도 했다(성인이라는 뜻의 'Saine'과 유방이라는 뜻의 'sein'은 철자는 다르지만 음이 같다). 그만큼 그곳은 인가로부터 외따로 떨어져 있었고, 주위에 눈이 많이 쌓여 있었다. 짙은 안개 때문에 앞도 거의 보이지 않다시피 했다. 이런 짙은 안개 때문에 우리는 더 오래 그곳에 머물러야 했다.

압델은 안개가 조금이라도 엷어진다 싶으면 서둘러 출발했지만 얼마 가지 못해 다시 돌아오곤 했다. 그는 몇 번씩이나 그런 시도를 반복해서 해야 했다. 그는 낮에는 하릴없이 어슬렁거리다가 밤이 되면 방탕한 생활을 했다. 그의 방문 앞에 붙어 있는 그 표지판도 그의 이런 생활을 막을 수는 없었다.

수도원에 함께 머무르고 있는 우리 일행은 모두 50여 명이나 되었다. 첫 모임 때부터 나는 다양한 연령층의 이 남자들과 여자들이 비록 사지 육신은 멀쩡해 보이지만 하나같이 나 못지않은 중환자들이라는 것을 간파했다. 별 문제가 없어 보이는 겉모습의 이면에는 아마도 그들이 어린 시절부터 겪어 온 트라우마가 은밀히 감춰져 있을 것이다. 나는 어떤 30대 남성이 갑자기 흐느껴 울면서 바닥에 털썩 주저앉는 것을 보았다. 여기 모여 있는 사람들이 각자 자신의 고통과 죄를 다 고백하려면 적어도 50년은 걸리지 않을까! 어느 순간 나는 그들을 연민에 찬 눈빛으로 바라보고 있는 자신을 인식하고 있었다. 그들은 비록 나처럼 육체적인 문제를 갖고 있지는 않았지만, 누구에게도 털어놓지 못할 만큼 끔찍한 비밀로 인해 고통 받고 있는 것 같았다. 우리는 서로를 괴롭혀야 했다. 다른 사람들이 저마다 자신의 이야기를 털어놓도록 하기 위해서는 용기 있게 맨 먼저 나서서 자기 고백을 하는 사람, 그 한 사람이면 충분했다. 얼마 후 나는 방마다 비치돼 있는 10여 개의 크리넥스 통의 용도를 그제야 정확히 이해할 수 있었다.

전신 마비, 흰색 시트, 나의 침묵 등에 거리감을 느낀 사람들은 처음에는 감히 내게 접근해 올 생각을 하지도 못했다. 그러다가 조금씩 그들은 나에게 자기 속내를 털어놓기 시작했는데, 그중에는 여성들이 특히 많았다. 나는 고정관념에 얽매여 있지 않았다. 어디에 가면 나를 찾을 수 있는지 그들은 잘 알고 있었다. 나는 언제든 시간이 넉넉했고, 그들이 털어놓는 이야기에 귀기울일 준비가 되어 있었다. 나는 몇 분이고 상대방이 하는 이야기를 묵묵히 듣고 있다가 그 이야기 끝에 한마디씩 던졌다. 그러면 상대방은 정곡을 찌르는 나의 말에 깜짝 놀라곤 했다. 말하자면, 나는 누워 있는 심리상담가이자 정신분석가인 셈이었다.

식사 시간, 순식간에 우리의 식탁은 나와 이야기 나누기 위해 찾아온 사람들의 모임 장소로 변해 버렸다. 밤이면 압델은 나를 찾아와 자신의 마음속 이야기를 털어 놓았던 그 여인들을 자주 만났다. 수녀원 원장은 우리를 찾아와 수도원의 규칙을 엄수할 것을 요구했다. 하지만 그런 조치들은 전혀 효과가 없었다. 휴식시간 동안에도 내 방에는 늘 10여 명의 사람들로 북적였고, 웃음소리가 기도소리를 대신하곤 했다. 마침내 수녀들은 전의를 상실한 채 두 손 두 발 다 들고 말았다. 압델은 그 아름다운 우울증 환자들에게 삶의 가치를 새롭게 불어넣어 준 모양이었다. 그 후로도 꽤 오랫동안 그는 당시 수도원에서 알게 된 그 여성들 중 몇 명과 꾸준히 연락을 주고받으며 지냈다. 수도원에서 보낸 그 15일은 내가 다시 세상과 만나도록 도와 준 귀중한 시간이었다.

돌아오는 길에 우리는 복음 방송국을 찾기 위해 커다란 아이스하키 경기장에 멈추었다. 거기에는 5천 명이 넘는 많은 사람들이 모여 있었는데, 사람들이 차례로 앞으로 나와 설교를 하고 간증을 하고 노래를 불렀다. 그러나 그 무리 중 어떤 이들은 자신들을 싫증나게 하는 사람을 향해 신중하지 않게 휘파람을 불어 대며 야유를 보내고 있었다. 나는 그곳에서 전 하키 챔피언의 간증과 암으로 죽어 가면서도 담배를 끊지 못했다는 어느 여자 대중가수의 간증을 들었다. 복싱 경기장 링 중앙에 단상이 설치되었다. 나는 압델에게 5분마다 내 자세를 바꿔 달라고 부탁했다.

우리가 파리에서 만났던 복음 방송의 소유자와 그의 젊은 비서는 우리에게 방송 타이틀을 비롯한 여러 가지 숙지사항을 꼼꼼히 알려주었다. 압델은 그 청년에게 휠체어를 링으로 이동시켜 달라고 요청했다. 그러자 그는 고개를 끄덕이더니 휠체어를 들어 날랐고, 압델은 나를 번쩍 안아 단상으로 옮겨 주었다. 압델이 나를 안고 단상 위에 등장하자 시끄럽게 웅성거리던 수천 명의 사람들은 일순 조용해졌다. 나는 특별히 따로 준비할 게 아무것도 없었다.

"나는 특히 휠체어에 앉은 형제들에게, 그리고 세상의 모든 장애인들에게 메시지를 전하고 싶습니다. 말하자면 저는 우리 모두가 삶의 장애인이라고 생각하는 여러분에게 이야기하고 싶습니다."

관중석으로부터 힘찬 박수 갈채가 터져 나왔다. 장내의 일부 사람들은 서 있기도 했다. 나는 어린 시절 내가 어떤 아이였는지를 먼저 이야기한 다음 베아트리스에 대해, 그리고 내가 수십 년 동안 비장애인으로, 혹은 장애인으로 살아오면서 배우게 된 인생 수업에 대해 이야기했다. 끔찍한 글라이더 사고는 내게서 많은 것을 앗아갔지만 동시에 풍요로움도 더해 주었다고 이야기했다. 나는 누군가의 도움 없이는 아무것도 할 수 없는 부자유한 신세지만 어떤 의미에서 사고를 당하기 이전보다 더 열정적으로 충만한 삶을 살고 있다고 이야기했다. 나의 간증이 끝나자 경기장에 모인 수천 명의 사람들이 대부분 자리에서 일어나 오래오래 박수를 쳤다. 그 박수 소리가 한동안 내 귀를 떠나지 않고 있었다.

나는 이번 여행을 통해 신앙의 여부와 관계없이 많은 사람들에게 희망을 불러일으킬 수 있다는 확신을 가지고 캐나다에서 돌아왔다. 신의 존재에 관한 근원적인 의문은 항상 내 머리에서 떠나지 않고 있었다. 솔직히 내겐 신의 존재를 믿는 확고한 신앙 같은 것은 없었다. 베아트리스의 신앙은 영원 속에 있고, 나의 신앙은 장애 속에 있다. 나는 각자가 처한 우리 삶의 비참함 속에서 우리 속에 어떤 가능한 최상의 상태를 유지시켜 주는 순간순간의 사소하고 자질구레한 일 속에서 희망을 발견하곤 했다.

2장

신은
여자일 리가 없어요!

내 인생에 위로가 되어 준 여성들

라틴어의 consolder라는 단어는 '위로하다'라는 뜻과 함께 '전체를 보존하다, 유지하다'라는 의미를 갖고 있다. 말하자면, consolder = onaintenir entier이기도 한 셈이다. 나는 사람들, 특히 여자들에게 많은 빚을 지고 있다. 압델은 정신적으로보다는 육체적으로 여성들을 훨씬 잘 사랑하고 있다. 여자들과 사랑을 나눈 후, 그는 조금 심드렁해진 얼굴로 이렇게 말하곤 했다.

"그것은 나의 찻잔이 아니지요!"

나는 그가 그렇게 말하는 의미를 조금은 알 것 같았다.

어두운 내 방, 주기적으로 찾아와 나를 괴롭히는 신경통, 마비되어 움직이지 못하는 몸을 음악이 온전히 점령하고 있다. 음악과 음악이 이어지는 사이, 그 잠깐의 틈을 비집고 압델이 내게 말했다.

"당신을 위해 준비해 둔 '아스피린'이 하나 있어요. 밤에 불면증에 시달리지 않고 푹 자려면 아스피린이 필요한 법이죠. 편히 주무세요!"

그녀의 이름은 아이샤, 나는 형식에 얽매이지 않은 채 주로 잠옷 차림으로 그녀를 만나곤 했다. 그녀는 몸을 둥글게 말아 내 어깨를 감싸 주었다. 우리는 한동안 서로 아무 말도 나누지 않았다. 그녀는 나에게 온전히 주의를 기울였다. 그러다가 그녀는 나의 몸 상태에 조금 당황해하는 것 같았다. 어쨌든 그녀의 존재로 인해 나는 조용해졌다. 얼마 후 나는 부드럽게 잠에 빠졌다.

나의 책 『두 번째의 숨결』을 읽은 한가한 어느 이웃이 내게 여자 출장 마사지사를 보내 주었다. 그녀는 먼저 나의 귀를 부드럽게 만져 주고 난 뒤 온몸을 열정적으로 마사지해 주었다. 그녀가 부지런히 일을 하는 동안 압델은 문 뒤에 숨어서 지켜보다가 그만 웃음을 터뜨리고 말았다. 우리의 만남은 그 후로도 지속적으로 이어졌다. 벨기에 출신 엄마와 스웨덴 출신 뱃사람 사이에서 태어난 흑백 혼혈인인 그 여인과의 새로운 만남으로 인해 간혹 나는 밤을 꼬박 새우기도 했다. 이따금 그녀는 나의 대담한 요구에 놀라기도 했다.

클라라, 그녀는 브르타뉴의 어느 병원에 내가 입원해 있던 당시 라모르 플라주에서 베아트리스와 알고 지내던 여성이었다. 베아트리스가 죽은 뒤 그녀는 2년 동안이나 나의 병상을 지켜 주었다. 그녀의 순수한 헌신 덕분에 지독한 슬픔과 고통으로 인해 방황하던 나의 영혼은 차츰 제자리를 찾아가고 있었다. 나는 그녀로 인해 나의 영혼을 가끔 한 번씩 지옥의 나락으로 떨어지게 만드는 그 성욕을 잊을 수 있었다. 내가 그녀에게 불쑥불쑥 일어나는 성욕에 대해 이야기하면 그녀는 조용히 듣고 있다가 부드러운 키스로 내 말을 중단시키곤 했다. 그녀가 내 곁에 머물러 있을 때 나는 자주 그녀의 주의를 끌고 싶어 했다.

나의 자연스러움과 소탈함에 고독한 그녀는 매번 유혹 당하곤 했다. 그녀는 나로 인해 젊은 날의 꿈들을 되찾아 갔다. 나와 지내는 동안 그녀는 배신과 고통의 날들을 잊고 새로운 희망을 품게 되었다. 그녀의 순수함과 천진난만함은 나를 무척이나 들뜨게 만들었다. 그녀의 자연스러우면서도 재치 있는 몸동작은 거의 죽어 있는 것이나 다름없는 내 몸에 생기를 불어넣어 주었다. 그리고 그녀의 따스한 숨결은 번민으로 가득한 나의 밤을 편안하게 가라앉혀 주었다.

나는 감청색 정장 차림의 그녀를 바라보았다. 그러자 사랑의 꿈들이 지친 내 마음을 어루만져 주는 듯했다. 그녀는 나의 공원 오솔길 산책에 자주 동행해 주었다. 산책길에서 잠시 쉴 때 나는 그녀의 얼굴을 빤히 쳐다보고 싶어 고개를 들곤 했다. 그러면 그때마다 그녀는 눈을 지그시 감고 나를 안아 주었다.

그날 밤 나는 나의 목 위로 전해지는 심장 박동 소리를 느낄 수 있었다. 발그레하게 상기된 그녀의 얼굴과 굴곡진 몸의 선이 너무도 아름다워 보였다. 그녀의 동작 하나하나가 마비된 내 몸에 생기를 불어넣어 주는 것 같았다. 우리는 서로를 향해 불타오르는 격정을 참을 수가 없었다. 그러나 그녀는 평정심을 회복하고 감정을 자제하려 애를 썼다. 그런 다음 몸을 웅크린 채, 나를 울리지 않기 위해 밝게 미소 지으며 반쯤 열린 입술로 내 귀에 사랑을 속삭여 주었다. 열정이 뿌리 뽑힌 그녀와 나의 몸에서 우리의 사랑을 위한 새로운 언어가 생성되는 듯했다.

지금 그녀는 내 곁에 없다. 그녀의 부재로 인한 상실감이 나를 다시금 지옥의 나락으로 떨어뜨렸다. 나는 지독한 무기력에 빠져든 나머지 식음마저 전폐했다. 나는 스스로 아무 짝에도 쓸모가 없는 존재라는 비관주의에 빠져 버렸다.

“신은 여자일 리가 없어요!”

압델은 누구에게든 부담을 주려 하지 않았다. 그에 비하면 나는 물질의 힘에 타협적이고, 다른 사람들에게 자주 의지하는 편이었다. 물론 나도 그 끔찍한 사고를 당하기 전, 그러니까 내 의지대로 내 몸을 움직일 수 있고 내가 가고자 하는 곳으로 갈 수 있던 시절에는 압델 못지않게 누구에게든 신세 지는 것을 좋아하지 않았다.

“압델, 너무 극단적으로 살지는 말게. 세상 모든 것이 흑이나 백으로 양분되는 것은 아니라네. 현실을 이해하려면 융통성을 좀 가져야지.”

압델은 무슨 일이든 새롭게 도전하는 것을 즐기는 사람이다. 그리고 그는 마음에 있는 얘기를 조금도 누그러뜨리지 않고 직설적으로 털어놓아야만 직성이 풀리는 사람이기도 하다. 언젠가 한 번 그는 저명한 정보과학자인 내 형제가 만든 프로그램에 오류가 있다고 대차게 지적한 일이 있었다. 순간 나는 그 말을 듣고 내 귀를 의심해야 했다. 왜냐하면 그는 컴퓨터를 제대로 켤 줄도 모르지 않는가!

언젠가 내 방에 사람들이 많이 모여 있던 날, 뜬금없이 그가 이런 말을 했다.

"아랍인을 위한 일자리를 찾는 것보다 장애인을 위한 일자리를 찾는 게 훨씬 쉬워요."

그때 방 안에 함께 있던 사람들이 순간 무슨 말인지 몰라 멀뚱한 얼굴로 서로의 얼굴을 번갈아 바라보았다. 그러자 그는 얼른 손사래를 치며 이렇게 말했다.

"아, 장난이에요, 물론!"

그러자 사람들이 어이없다는 표정으로 모두 웃음을 터뜨렸다.

압델의 철학은 단순하고도 명쾌한 편이었다. 그에게 죽음이란 숙명과도 같은 것이었다. 그리고 삶의 모든 영역은 코미디 그 자체였다. 정치 참여에는 조금도 관심이 없었다.

"그건 아무짝에도 쓸모가 없어요. 모두 썩었거든요!"

"그러면 자유와 정의를 위해 스스로 목숨을 던지는 젊은 무슬림들은……?"

"예, 물론 그래요. 하지만 사람들이 뭔가를 때려 부수고, 집을 불태우고, 노인들을 혼자 죽게 내버려 두는 따위의 일들이 당신 집에서 일어나지는 않잖아요. 각자에겐 각자의 역할이 있지요. 나는 내 몫의 일을 하면 되고요. 그러면서 나는 내 일에서 최고치를 끌어내기 위해 애쓰면 되는 것이고요. 하지만 다른 사람들 때문에 망가진다면, 그건 낭패지요."

그의 말이 맞다. 나는 천천히 말한다.

"하지만 압델, 자네는 합리적이다 못해 이기적이기까지 한 서양인의 완벽한 복사판이로군! 자네가 자신만 생각하고 다른 사람들을 생각하지 않으면 않을수록 결국엔 그로 인해 점점 더 상처를 받게 될 걸세."

압델이 내가 수집한 추상화 앞에서 화를 내듯 말했다.

"이거야말로 변변치 않은 중산층의 사치로군요! 나 같은 무지렁이를 이해시키기 위해 그렇게 장황한 설명이 필요하다면 그거야말로 문제지."

"압델, 자네 말이 옳아. 현실 참여라고는 없는, 그저 예술 그 자체를 위한 예술……. 현대예술은 거의 모두가 그런 식이라네. 하지만 그중에는 사람들에게 감동을 주는 예술가들, 개방적인 예술가들도 더러 있다네. 그리고 압델 자네를 닮은 예술가도 있지."

"개방적이라고요? 그들이 무슨 감동을 준다고……."

내가 살롱에서 이공계 대학 출신의 젊은 예술가의 전시회를 열어주었던 어느 날, 그 예술가는 수학과 미술의 효과적인 통합 가능성을 주장하며 이렇게 말했다.

"나는 숫자 0을 가지고 최고의 걸작을 만들 자신이 있어요!"

나는 그의 말을 흘려들으며 옆에 있는 압델에게 조용히 말했다.

"이봐, 압델! 자네에게만 하는 말이지만, 예술가의 아내는 정말 예쁘군! 적어도 중간 정도는 되겠는데……?!"

"그러게요. 아, 사랑스러운 중간 정도여!"

우리는 그 예술가가 눈치 채지 못하게 서로를 쳐다보며 낄낄거렸다.

압델은 음악을 잘 듣지 않았다. 예컨대, 그는 자신이 모차르트와 바흐를 구별할 줄 안다는 것만으로도 만족을 했던 것이다. 나는 매력적인 4인조 연주자들로 구성된 프로포스 4중주단을 나의 집으로 초청하여 슈베르트의 〈처녀와 죽음〉 콘서트를 열도록 했다.

"이런 정도의 사기는 그래도 괜찮아요. 아주 16세기 곡이구먼요!"

콘서트가 끝나자 압델이 잠에서 깨어나 요란하게 기지개를 켜고 하품을 하며 말했다.

"그녀는 나의 자유를 자꾸 침범하려고 해요. 정말 참을 수 없는 일이라니까요! 어이쿠, 내 자유를 가두려고 그녀가 또 저기 서 있네요."

"압델! 내가 자주 하는 얘기지만, 여자는 존중받아야 할 존재라네!"

압델이 시종일관 깎아내려 왔던 대상, 여자를 주제로 그와 나는 종종 언쟁을 벌이곤 했다.

"존중이라! 여자들을 존중해야 하는 것은 남자의 몫이 아니라 존중받고 싶어 하는 여자들의 몫이에요. 자, 여기 예술과 재료가 있다고 쳐요. 나는 예술보다는 재료를 더 좋아하죠. 말하자면, 포조 씨 당신은 그 R.O.M.A.N.T.S.I.M.E.(낭만주의)를 위해, 나는 제조업자를 위해 존재하는 셈이죠!"

"압델, 여자는 관계를 만들어 주네."

무슨 말인지 몰라 잠시 머뭇머뭇하다가 그는 이렇게 되받아쳤다.

"하지만 신은 절대로 여자일 수는 없어요. 생각해 보세요. 전지전능한데다 세상 모든 일에 신경 쓰느라 바쁜 신이 매달 그런 번거로운 일에 얽매일 리가 없잖아요!"

압델은 무엇에든 집착하는 걸 끔찍이도 싫어하는 성격이었다.

"난 절대로 같은 사람과 두 번은 안 해요!"

"압델, 자네도 가정을 만드는 일의 중요함을 이젠 알아야 하네!"

"……."

"포조 씨, 왜 투자를 안 합니까?"

"포조 씨, 왜 투자를 안 합니까?"

"이 상황에 말인가? 나는 더 이상 이 일에 관여하지 않을 생각이네."

"자동차 정비 공장을 하는 사람을 하나 알고 있는데, 사업 수완이 뛰어난 친구지요. 그 친구와 한 번 일을 도모해 볼 수도 있을 것 같은데……."

"압델, 그건 비즈니스가 아니야. 뒷거래지. 사업에서 성공하려면 뭔가 새롭고 혁신적인 것이 필요하다네."

압델은 나의 보조사로 일하기 위해 내 집에 오기 전, 매우 다양한 인생 경험을 했다. 심지어 그는 1년 넘게 피자 배달을 한 적도 있었다. 거기에 생각이 미친 그는 배달업을 해 보면 어떻겠느냐고 흥분해서 말했다.

"배달, 그건 식은 죽 먹기죠. 파리 전 지역에서 하루 24시간, 매주 7일간 연중무휴로 일할 수도 있어요. 이 일에 딱 적합한 건달들을 여러 명 거느리고 있거든요."

"하지만 압델, 그들이 만약 일주일에 삼사일만 일해야 한다고 주장하면 어쩔 셈인가?"

"내가 데리고 있는 놈들은 절대 그러지 않아요!"

나는 투자를 할지 말지 결정하기 전, 먼저 그 팀을 만나게 해 달라고 얘기했다. 다음 날, 우리 집에 그가 말한 건달들이 찾아왔다. 야신은 20세의 온순한 거인이었다. 유세프도 그와 같은 나이로, 알제리 사막 출신의 호리호리한 체격의 흑인이었다. 드제바는 그들 중 나이가 가장 많아 보였는데, 상당히 과묵한 편이었다. 마지막으로 알베르토는 25세로, 아버지는 이탈리아 출신이었고 어머니는 모로코 출신이었다.

그들이 떠난 다음, 나는 자못 걱정스러운 얼굴로 말했다.

"자네, 저 건달들을 어디서 찾았나?"

"감옥에서 함께 지냈지요."

"……"

작업 책임자로 승진한 압델은 열정적으로 그들을 교육시켰다. 그 팀은 1만 장의 광고 전단을 만들어 순식간에 배포했고, 파리 전역을 망라하는 전호번호부에 절반 페이지 사이즈의 광고도 집행했다. 일은 일사천리로 진행되었다. 네 명의 고용인들은 서로 손발이 척척 맞았다. 우리가 취급하는 물건들은 신속하게 처리하지 않으면 빠르게 상해 못쓰게 되었기에 압델은 거의 잠시도 쉴 틈을 주지 않고 그들을 부렸다.

나는 처음으로 그들의 사무실에 초대를 받았다. 그리로 가던 도중 갑자기 우리 차가 오른쪽에서 튀어나온 자동차와 세게 충돌했다. 찌그러진 차에서 간신히 빠져나온 압델은 상대편 운전자에게 한바탕 거칠게 욕을 했다. 그러자 그놈은 완전히 적반하장 격으로 압델에게 욕설을 퍼붓더니 그것만으로는 분이 풀리지 않는지 칼을 꺼내 들고 우리 쪽으로 달려들었다. 그러나 그것은 녀석의 치명적인 실수였다.

야신은 녀석의 발을 걸어 넘어뜨린 다음 목덜미를 잡아 질질 끌고 압델에게로 끌고 왔다. 그러자 압델은 녀석의 얼굴에 무시무시한 주먹을 한 방 먹여 주었다. 놈의 얼굴은 순식간에 피투성이가 되어 바닥에 털썩 주저앉았다.

압델은 오른쪽이 심하게 찌그러진 차에 우리를 태우고 사무실로 갔다.

"포조 씨, 안색이 좋지 않네요. 이 형편없는 사무실에서 당신이 오래 버틸 수 있을지 모르겠군요."

로랑스가 나를 맞으며 말했다. 건물의 입구에서부터 참을 수 없는 악취가 풍겨 나왔고, 사무실에는 풀어 놓고 기르는 듯한 개가 한 마리 어슬렁어슬렁 돌아다니고 있었다. 압델은 큰 소리로 건달들에게 이런저런 일들을 지시하고 있었다. 보아 하니 오른쪽 구석진 방은 주방으로 쓰고 있는 듯했다. 싱크대에는 더러운 접시들이 산더미처럼 쌓여 있었고, 가스레인지 위에서는 약한 불에 박하차가 천천히 끓고 있었다. 코 위까지 스카프를 한 전화 교환수가 분주히 전화를 받고 있었다. 이사용 상자들은 비어 있었고, 서류뭉치들이 바닥에 아무렇게나 널려 있었다.

"가구들은 내일 도착할 겁니다."

압델이 서류뭉치를 치우며 말했다.

"내일 온다고 한 지 벌써 보름이나 됐어요."

로랑스가 압델의 말에 즉각 이의를 제기했다.

쓰레기가 아무렇게나 널려 있는 사무실에서 긴급회의가 소집되었다. 로랑스가 업무 보고 비슷한 것을 했다. 그녀에 따르면, 전단지와 전화번호부 광고가 효과가 있었는지 주문 건수가 폭발적으로 늘었다고 했다. 한데, 그만큼 물건을 주문한 사람들 중 하자가 있다며 반품을 요구해 오는 건수도 기하급수적으로 늘고 있어 큰일이라고 했다. 게다가 더 심각한 문제는 반품 들어온 물건을 처리하는 일이었다. 그 문제를 놓고 한동안 갑론을박이 벌어지며 고성이 오갔다.

나는 사무실 한쪽에서 완전 난장판에 어수선하기 짝이 없는 그들의 회의를 지켜보며 극심한 피로를 느끼고 있었다.

전신 마비 환자를 위한 6계명

기독교인이 중시하는 가치들, 이를테면 이타성, 묵상, 검소함 등은 오랫동안 서양인들이 추구하는 가치이기도 했다. 인문주의는 그 가치의 상속자라고 할 수 있다. 그러나 서양의 비즈니스맨들과 사업가들은 그 가치를 잃어버린 지 이미 오래였다. 그들은 사회의 가장 비참한 사람들로부터 저 멀리 도망쳐 버린 것이다.

전신 마비 환자를 위한 6계명

① 장애, 그것은 몸의 부재가 아니라 다른 것의 부재이다. 그것을 발견하라.

② 자유로움과 침묵. 가치 있는 무언가를 듣고자 한다면 조용히 머

무르며 내면의 소리에 귀를 기울여라.

③ 고통에서 벗어나기. 중요한 일을 하기 위한 바로 그 시간에 머물러라. 무의미한 일에 정신을 분산시키지 말라.

④ 주위를 둘러보라, 당신은 혼자가 아니다. 다른 사람들 안에서 위로를 발견하라.

⑤ 마비는 인내를 요구한다. 그러니 기다려라!

⑥ 우리는 참으로 약하다! 형제애와 연대 의식……, 그리고 좀 더 단순해져라.

돌이켜 보면, 내 인생을 통틀어 가장 불행한 사건이었던 글라이더 사고는 내게 역설적인 행복을 발견하게 해 주었다. 나는 심연의 고독을 자주 맛봄으로써 다른 사람들과 함께 생활하고 함께 삶을 만들어 가는 일의 소중함과 가치를 깨닫게 되었다.

나는 장애인을 위한 창업 준비 과정을 수강한 적이 있는데, 다음의 내용은 그 강의들에서 배운 내용 중 인상적인 내용을 몇 가지 요약해 본 것이다(압델은 이 강의실에서 주로 잠을 잤다).

① 장애의 고유한 가치를 발견함으로써 좀 더 효과적으로 부를 창출해 내라. 그 가치는 또한 당신의 것이다.

② 분배하지 않는 이익은 궁극적으로 수요를 사라지게 만든다. 그것은 자신이 타고 있는 배 밑에 스스로 구멍을 뚫는 일과도 같다. 양

편이 모두 이익을 얻는 경우에만 화합은 유효하며 의미가 있다.

③ 돈의 힘에 직면하여 분열을 결코 허용하지 마라. 정당, 협회, 조합 등을 구성하라. 그리고 숫자를 엄격히 존중하라.

④ 현실을 개선하고 권리를 회복하고자 한다면 불투명한 권력에 맞서 싸워라. 정의를 추구하라.

⑤ 새로운 정보의 기술적인 측면을 적극 활용하라.

⑥ 세계화는 '자본의 세계화'가 아닌 '시민 탄원의 세계화'다.

장애인들이여 일어서자!

존 아멜로크의 충격적인 성년식

몇 주 전부터 파리에 연일 비가 내리고 있었다. 나는 머리가 욱신욱신 쑤시는데다 기분마저 축 쳐져서는 말없이 침대에 누워 있었다.

"모레가 아멜로크의 생일인 거 알고 계시죠? 그 애가 벌써 열여덟 살이 되잖아요. 뭔가 해 줘야지요."

늘 집안의 대소사를 세심하게 챙기는 압델이 내게 말했다.

"압델, 자네가 그 일을 맡아서 좀 해 주게."

존은 우리가 시카고에 있을 때 베아트리스도 함께 알고 지냈던 절친한 친구 부부의 아들이다. 그 무렵, 그는 파리에 있는 나의 집에 머물고 있었다.

그다음 날, 압델이 내게 말했다.

"모든 준비를 끝마쳤어요. 밸리댄스를 마련했는데, 아주 볼 만할 겁니다!"

내심 걱정이 되어서 내가 말했다.

"너무 야한 거 아닐까, 압델!"

"걱정일랑 붙들어 매세요."

파티 날 저녁, 그는 턱시도 차림으로 장식용 하얀 손수건을 웃옷 호주머니에 꽂고, 근사한 나비넥타이를 매고 있었다. 나는 모든 광경을 한눈에 볼 수 있도록 자리를 잡고 전동 휠체어에 앉아 있었다. 파티장에는 최고급 샴페인과 잘 구워진 쿠키가 넉넉히 준비되어 있었고, 경쾌한 음악이 스피커에서 흘러나오고 있었다.

나는 여전히 컨디션이 좋지 않았다. 온몸에서 땀이 비 오듯 흐르고 있었고, 송곳으로 찌르는 것처럼 주기적으로 머리에 통증이 느껴졌다. 압델이 내 상태를 눈치 채고 다가와 다른 방으로 휠체어를 옮긴 뒤 내 다리를 수직으로 들어 올리는 등 적절한 조치를 취해 주었다. 어느 정도 컨디션이 회복되자 나는 정신을 차리고 100여 명의 방문객들로 북적이는 파티장으로 갔다. 압델이 미리 준비해 둔 최고급 디지털카메라를 참석자들에게 방문 선물로 하나씩 나누어 주었다. 그러자 여기저기서 박수갈채와 환호성이 터졌다.

"자, 모두들 편히 앉아요. 먼저, 우리 모두를 위해 이 근사한 파티를 준비해 준 압델에게 고마운 마음을 전하고 싶습니다……."

내 얘기가 끝나자, 그는 동양적인 선율의 음악을 틀었다. 그런 다음, 파티장의 문 두 개를 활짝 열어 젖혔다. 잠시, 아무 일도 일어나지 않았다. 그가 음악의 볼륨을 한층 높였다. 그때였다. 그것을 신호로 한 여자가 파티장에 나타났다. 나는 당연히 밸리댄스를 하는 여자가 나올 것으로 생각하고 있었는데, 놀랍게도 완전한 나체로 생머리를 헝클어뜨린 한 동양 여자가 등장했다. 파티장에서는 놀라움을 금치 못한 사람들의 신음과도 같은 고함소리가 여기저기서 터져 나왔다. 많은 사람들이 완전히 경직된 채 할 말을 잃고 앉아 있었다. 나체의 여자가 재주를 넘고, 흙빛으로 변한 사람들 앞에서 몸을 좌우로 요란하게 흔들어 댔다. 내 옆에 앉아 있던 존 아멜로크가 화가 나서 내게 따졌다.

"대부님, 이래도 되는 거예요?"

그때 나체의 여자가 내 앞으로 뛰어올랐다. 그녀는 내가 주인이라는 걸 알고 있는 듯했다. 그녀는 허리를 앞뒤로 흔들어 대며 내 주위를 빙빙 돌았다. 나는 그녀에게 내 옆에 있는 아이가 이 파티의 주인공이라는 걸 눈짓으로 알려 주었다. 그러자 그녀가 존에게 다가가 그의 무릎 위에 앉았다. 존은 화들짝 놀라서 그녀를 밀어내다가 뜻대로 안 되자 영어로 그녀에게 욕을 퍼부어 댔다. 그 광경을 보고 있던 방문객들이 "와!" 하고 소리를 지르며 환호했다. 잠시 후 소년들은 후끈 달아오른 얼굴과 몸을 식히기 위해 밖으로 나갔고, 소녀들은 파티장 식탁에 둘러 앉아 흥분한 얼굴로 방금 전의 일에 대해 제비처럼 재잘거렸다.

"대부님, 아주 근사한 축제였어요! 근데, 우리 부모님이 여기에 안 계셨던 게 정말 다행이네요. 그리고 부탁이 하나 있는데, 오늘 저녁에 찍은 사진들을 제발 부모님께 보내지 말아 주세요."

존은 다정하게 나를 안아 주었다. 그런 다음, 자신의 무리에 합류했다.

어느 날 한밤중에 압델이 내게 옷을 입혀 주고, 간단하게 짐을 챙긴 다음 생 제르맹 데 프레까지 휠체어를 밀고 갔다. 그는 카스텔 앞에 차를 멈추었다.

"아, 아닐세, 압델. 사창가는 싫어."

"걱정 마세요, 포조 씨. 잠깐이면 됩니다."

침침한 창녀촌 입구에 도착하자 압델은 그중 한 가게로 가서 턱으로 나를 가리켰다. 머리를 짧게 깎은 한 사내가 주머니에서 담배 비슷한 것을 하나 꺼내 불을 붙이더니 압델에게 내밀었다. 그러자 그는 환하게 웃으며 그것을 받아 들고 내게로 돌아왔다.

"자, 한 모금 빨아 보세요."

"구역질나는 거 저리 치우게. 정상적인 담뱃값도 받지 못할 물건이라고……."

나는 투덜거렸다.

압델은 다시 휠체어를 밀고 드 마고에 가더니 내 쪽으로 고개를 돌렸다.

"여긴 대체 무슨 추잡한 짓을 하는 덴가?"

"그저 대마초 조금……, 그게 꼭 나쁘다고만은 할 수 없잖아요."

"압델, 설마 존을 데리고 다니며 이런 짓거리를 하는 건 아니겠지?"

"존도 이젠 어린아이가 아닌데요, 뭐."

"하긴 열여덟 살이면 어른인 셈이긴 하지. 그렇긴 하지만…… 자네 아이라도 그렇게 하겠나?"

나는 정색을 하며 얘기했지만, 압델은 귀담아 듣지 않았다.

"……자네가 만일 가정을 꾸린다면 말일세. 자네는 자네의 가족을 위해 일하고, 가족을 위해 싸워야 하네. 자네는 당연히 자네가 좋다고 생각하는 일에 그들이 시간을 보내길 원하겠지. 압델, 아름다움이란 말일세. 가정, 바람직한 관계, 성숙해지는 것, 그런 것들에 의해 만들어지는 거란 말일세……."

"길게 말씀하고 싶으신 거죠?"

"……."

"그 여자가 뜨거워졌어요!"

날씨가 좋지 않은 파리의 6개월 동안을 더 따뜻한 하늘 아래에서 보내는 게 어떻겠느냐고 래티티아가 제안했다. 압델은 모로코의 마라케치가 좋겠다고 했다. 그곳은 날씨가 비교적 따뜻한데, 특히 겨울에는 기후가 건조한 편이다.

여느 때처럼 압델이 모든 계획을 세우고 꼼꼼히 실행에 옮겼다. 그의 친구들 중 하나가 우리의 도착에 대비해 아주 멋진 미츠비시를 한 대 준비해 놓았다. 그는 모로코인이었다. 반면 사전에 문의해 두었던 아파트는 중간에 문제가 생겨 제대로 예약이 되지 않았다.

"문제없어요. 내가 아는 사람의 주소를 갖고 있거든요."

압델이 여전히 자신만만하게 이야기했다. 그는 바닥이 울퉁불퉁한 포석 위로 내 휠체어를 밀고 가더니 막다른 골목에 이르러 문패도 없는 어느 건물의 문을 쾅쾅쾅 두드렸다. 그러자 한 금발의 여인이 반색하며 나와 우리를 맞아 주었다. 그녀는 전날 텔레비전에서 우리가 나오는 걸 봤다고 흥분해서 말했다(미래유 뒤마가 제작한 〈삶에게, 죽음에게〉라는 프로그램이었다). 압델이 그답게 허세를 부렸다. 나는 기나긴 여행으로 지쳤으니, 우선 잠자리부터 마련해 주면 좋겠다고 이야기했다. 드디어 일 층 큰 방에 우리의 거처가 정해졌다. 한밤이 되자 격자창들을 통해 냉기가 방 안으로 스며들었다. 압델이 그 집의 형편없는 난방시스템에 대해 투덜거렸다.

그는 자동차에 실린 짐을 모두 부려놓고 나가더니 한 시간이 지나도 돌아오지 않았다.

"압델, 자네 어디에 있나?"

내가 전화를 걸어 그에게 물었다.

"아무 일도 아니에요. 잠시 해결해야 할 사소한 문제가 생겼어요. 곧 갑니다."

압델은 늘 그런 식이었다. 그로부터 다시 한 시간 후 압델에게서 전화가 걸려 왔다.

"저, 지금 경찰서에 있어요. 한데, 잠깐 여기 더 있어야 할 것 같아요."

나는 좋지 않은 예감이 들었다.

"내가 처리해 줄 일이라도……?"

"아니요, 아니에요. 괜찮아요!"

압델이 돌아오기를 기다리는 동안 또다시 고통이 나를 엄습해 왔다. 그러다가 그 지루한 기다림의 끝에서 그 악마지기가 아주 쾌활한 모습으로 나타났다. 오른손에 붕대를 친친 감은 채 말이다.

"압델, 대체 또 무슨 일인가?"

"아무것도 아니에요. 나를 더러운 알제리 사람 취급하는 주차 관리인 놈과 한판 붙었어요. 그놈이 나를 무시하며 주차하는 일을 도와줄 생각을 도통 안 하더라고요. 제놈은 방도 하나 없으면서……!"

주위 동료들의 부추김에 용기를 얻은 그 주차 관리인이 압델에게 먼저 주먹을 날린 모양이었다. 그러자 잽싸게 돌아서며 압델이 그 자의 얼굴에 정통으로 어퍼컷을 날렸고, 그의 얼굴은 순식간에 피투성이가 되었다. 이빨이 여러 개가 나갔다고 했다.

압델은 약간 심드렁한 얼굴로 장난치듯 말했다.

"그 싱거운 녀석이 내 주먹 한 방에 완전 쭉 뻗어 버렸다니까요."

"그런데 왜 그렇게 오래 걸렸나?"

"누군가 우리를 경찰서에 신고한 모양이에요. 나는 경찰에 500디람(모로코 화폐)을 주고 바로 풀려났고, 그놈은 아직 감옥 안에 있어요. 15일 구류를 선고받았죠.

그다음 날, 그 자의 동료들이 보름 동안이나 자리를 비우면 틀림없이 일자리를 잃게 될 거라며 재판관에게 석방을 탄원해 줄 것을 애원했다. 그러나 관용을 베풀어 주라는 나의 권유에도 불구하고 압델은 단호히 거절했다.

인사를 하는 대신 그는 불을 끄면서 이렇게 말했다.

"몇 시간 후에 몸을 다시 좀 뜨겁게 해야 할 일이 생겼어요. 저요, 그 금발여자를 뜨겁게 해 주러 가야 하거든요."

"압델, 바보짓 좀 그만 하게. 틀림없이 그 여잔 지금 다른 누군가와 함께 있을 거네."

나는 심하게 헐떡거리는 소리와 간간히 질러 대는 여자의 고함 소리 때문에 몇 번이나 잠에서 깨었다. 그리고 한동안 아무 일도 없었다. 그런 다음 다시 시작되었다. 수없이 자다 깨다를 반복해야 했던 지긋지긋한 밤이었다.

아침에 압델이 물었다.

"밤에 어떻게 잤어요?"

"그냥 자다 깨다……. 그 여자와 잤나, 자네가 원하는 대로?"

내가 대답했다.

그가 아침 인사를 하며 싱긋 웃는다.

"네! 그 여자가 뜨거워졌어요!"

우리는 안락한 숙소를 찾게 되기를 기대하면서 자동차로 눈 쌓인 도로 위를 횡단하고 있었다.

"압델, 도로가 미끄러울 땐 커브 길을 돌기 전에 최대한 속도를 줄이고, 옆으로 미끄러질 땐 앞바퀴를 뒷바퀴의 미끄러지는 방향과 반대 방향으로 돌리라고."

하지만 그는 언제나 내가 말하는 것과 정확히 반대로 운전을 했다. 그러다가 결국 우리 차는 눈이 쌓인 다음 얼어붙어 생긴 벽 같은 곳에 정면으로 충돌했고, 그 바람에 범퍼가 바퀴 부분까지 내려앉고 말았다. 그는 범퍼를 들어 올려 고정시킨 후 화가 나서는 가타부타 말도 없이 다시 출발했다.

그렇게 며칠 동안 수백 킬로미터를 달린 다음 우리는 어느 평화로운 오아시스에 머물러 묵게 되었다. 압델은 사막의 모래 언덕에서 무척이나 즐거워했다. 그는 마치 두더지처럼 차를 끌고 모래 속으로 파고 들어가기도 했다. 그러다가 사막 한가운데서 바퀴가 헛도는 바람에 결국 차를 꺼내는 데 낙타 한 마리와 장정 세 사람을 동원해야 했다. 압델이 말했다.

"그래도 즐거우셨죠, 안 그래요?"

우리는 지고의 아름다움을 간직한 페스를 향해 올라갔다. 그런 다음 알제리 국경 위에 있는 지중해까지 밀고 올라갔다. 사이디아와 그 넓은 해변이 우리 눈앞에 펼쳐졌다.

그곳에 도착하자 압델은 어느 조그만 호텔에 우리의 숙소를 정해 주었다. 호텔의 바깥쪽으로는 술집 계산대가 붙어 있어서 밤새도록 술 마시고 떠들며 노는 사람들의 소음으로 조용할 틈이 없었다. 접대부가 우리 앞으로 다가오자 압델은 그녀에게 윙크를 날리며 큰 소리로 웃어 주었다.

"압델, 자네는 오늘도 휴업은 아닌 것 같군."

"아뇨, 휴업 맞습니다. 이런 집에서는 그런 짓 안 하죠!"

우리는 해변에 있는 초가집에서 점심을 먹었다.

"여름엔 외국에 거주하는 모로코인이 이십만 명 가까이나 돼요. 그들은 비엠 식당이나 메르세드 식당 같은 싸구려 식당으로 한꺼번에 몰려들곤 하죠. 그 바람에 그 식당들은 짧은 시간에 상상도 못할 정도로 엄청난 돈을 벌어들인다니까요!"

이후로도 우리는 사이디아에 네 번이나 더 갈 기회가 있었다. 그곳에서 위대한 도지사 왈리, 추장들, 은행가들을 만났다. 그리고 그야말로 눈부시게 아름다운 여종업원을 한 명 만났는데, 그녀의 이름은 아말이었다. 그녀는 머지않아 압델의 아내가 될 운명이었다. 정식으로 결혼한 뒤 그들은 세 명의 아이를 가졌다.

두 번째 아내 랄라 카디자와의 운명적인 만남

군중이 하늘의 회오리 아래로 흩어지고 있을 때 나는 그녀를 보았다. 그녀는 버려진 사륜마차들 사이에서 망설이고 있었다. 당황한 말의 울음소리가 가끔 광장을 덮고 있었다.

오솔길에 늘어선 종려나무들은 무기력한 행인 쪽으로 기울어 있었다. 고통에는 무관심한 듯한 호리호리한 그녀는 마치 미끄러져 가는 것 같았다. 왕궁의 상징기들이 소리를 내며 펄럭거리고 있었다. 빛이 광장에 넘쳐흘렀다. 한 아이가 손을 내밀었고, 여인들은 이미 사라진 뒤였다.

몇몇 사람이 위험을 무릅쓰고 광장에 서 있었다. 이를테면 장님이 신도송을 암송하고 있었고, 물장수는 소나기를 저주하고 있었다. 나는 믿기지 않는 순간을 꿈꾸었던 것 같다. 우아한 자태의 어느 여인이 현재 속에 끼어들고 있었다. 그때부터 나는 그녀가 돌아오기를 기다리고 있었다.

열정과 욱신거림으로 나는 나의 존재를 잊고 있었다. 한 친구가 은자인 나의 침묵을 걱정하며 자신의 거처로 나를 초대했다. 나는 포석을 깐 안뜰의 샘가에 누워 시간을 끌었다. 길고 시원스러운 손가락이 나의 얼굴을 쓰다듬었다.

단조로운 노래가 나를 비웠다. 아이를 데리고 반항적인 말들이 다니는 길로 한 아름다운 여인이 올라오고 있었다. 마침내 드러난 그녀의 미소, 그녀의 이름은 카디자! 그녀의 눈은 검은색, 그녀의 딸 사바의 작은 손이 내 손가락 위에 포개졌다. 나는 그녀를 보고 마주보며 미소 지어 주었다.

"안녕, 나는 너의 대부란다, 아기의 이름을 지어주는 사람이란 뜻이지!"

카디자는 강둑 위에서 사바를 얻어다 길렀다. 사막의 미인과 강둑의 아이는 날마다 내 머리맡을 지켰다. 나는 놀라는듯한 검은 눈을 가진 여인의 이야기를 들려주었다. 소녀는 내 이야기를 잘 이해하지 못했지만, 환하게 웃었다. 나는 사바에게 상송을 불러 달라고 부탁했다. 가끔 나는 내가 아직도 기억하고 있는, 프랑스에서 술래잡기할 때 부르던 노래를 그녀에게 들려주었다. 사바가 맑게 웃었다.

학교에서 돌아오면 그녀는 아랍어와 라틴어로 적혀 있는 자기 노트를 보여 주곤 했다. 나는 그녀에게 잘했다고 칭찬해 주었다. 어느 날 그녀는 나에게 언제 마비에서 풀려나는지를 물었다.

"시간이 걸리겠지만, 언젠가는……. 네가 나를 도울 수 있을 거야!"

카디자가 그림을 그리려고 탁자에 자리를 잡고 앉았다. 그녀가 내 손을 잡았다. 처음엔 아무 말도 없었다. 섬세한 카디자는 고통스러운 내 어깨 견갑골의 움푹 패인 곳에 자신을 묻었다. 그녀의 가벼운 손이 내 뺨을 가볍게 만졌다. 나는 그녀의 이마를 안고 레몬 향 위에 그녀의 눈을 감겨 주었다. 그녀는 잠이 들었다.

포기 상태에 있던 나를 그토록 감동시켜 준 그녀를 지켜보며 나는 밤을 꼬박 샜다. 따스한 햇살이 그녀의 눈을 열어 주었다. 그녀가 나를 보고 미소 지으며 내 옆구리를 다정하게 안았다. 우리는 희망 속에서 오히려 잘 깨지는 유리처럼 조심스럽게 머물렀다. 그녀는 사랑으로 나를 안아 주었다.

우리는 타케르쿠스트에 있는 어느 호숫가로 나갔다. 끝없이 펼쳐진 햇살이 호수를 두르고 있었다. 사바는 첨벙첨벙 물놀이를 했다. 우리는 방향을 바꾸었다. 고깃배들이 느릿느릿 멀어져 갔다. 몇 마리의 갈매기들이 아직 주위를 날고 있었다.

나는 클라라를 비롯한 다른 여인들을 모두 기억에서 지웠다. 그러나 베아트리스는 여전히 내 안에 빛으로 남아 있었다. 카디자가 굳센 손으로 나를 시원한 물속으로 데려가고 있었다.

나는 아틀라스 산의 초입에서 100년 이상 된 올리브 나무들로 둘러싸인 오아시스를 발견했다. 나는 거기에 당신을 맞이하기 위한 흙집을 한 채 지을 것이다. 우리는 그곳에서 이웃 마을의 누더기를 걸친 아이들을 모아놓고 이야기를 들려줄 것이다.

"삶은 미치는 거야, 정말 좋은 거라고!"

위단은 나의 패러글라이딩의 안전벨트에 매달려 있었다. 캐노피(낙하산의 주요 지지면을 이루는 삿갓 모양의 부분)가 20년 전과 다름없이 푸른 하늘 속 노란 태양이 작열하는 우리의 등 뒤편에서 웅장하게 펼쳐졌다. 더운 미풍이 아자시오의 걸프만 방향으로 천천히 거슬러 올라갔다.

"괜찮지, 우리 딸?"

위단이 대답 대신 머리를 끄덕였다. 카디자가 옆에 있었다.

"조심하세요!"

"괜찮아!"

나는 압델의 말투를 흉내 내며 대답했다.

나는 앞을 향해 달려 나갔다. 캐노피가 우리의 머리 위에서 부풀어 올랐다. 가볍게 한 번 제동을 걸어 주었다. 마침내 우리는 출발한 것이었다.

"위단! 왼쪽에 말똥가리 좀 보라고. 우리처럼 날지? 우리도 말똥가리처럼 날아 볼까?"

나는 캐노피를 기울였다. 아래쪽으로 투명하게 비치는 흰색 원피스를 입고 베아트리스가 수렵초 모양의 리본이 달린 밀짚모자를 쓴 채 낮은 층계에 서 있었다. 그녀는 내가 자유할 때나 부자유할 때나, 심지어 내가 부재한 모든 시간 동안에도 빠짐없이 나와 동행해 주었다. 그녀의 팔에는 정원에서 막 꺾어온 장미꽃 바구니가 들려 있었다. 래티티아는 한 손에 양산을 받쳐 든 채 막내의 유모차를 천천히 밀고 있었다. 사바는 완전한 독서삼매경에 빠져 자기 책에서 고개를 들지 않았다. 로베르 장은 꽃이 핀 밤나무 숲에서 키스를 하기 위해 약혼녀 쪽으로 몸을 기울이고 있었다. 아래쪽으로 탑과 예배당이 보였다.

우리는 서서히 상승하며 우측으로 선회했다. 기분이 좋아진 위단은 유쾌하게 웃음을 터뜨렸다.

"딸아, 삶은 미치는 거야!"

"……."

"삶은 정말 좋은 거라고!"

두 번째의 숨결

"두 번째의 숨결이오."

"두 번째 숨결이라……, 아주 좋습니다!

그럼, '필립과 베아트리스 포조 디 보르고의

두 번째의 숨결'로 공지하겠습니다."

"아닙니다. '베아트리스와 필립의 두 번째의 숨결'로 해 주세요."

굳이 그렇게까지 할 필요가 있겠느냐고 마티유가 물었고,

나는 반드시 그래야만 한다고 주장했다.

왜 '베아트리스와 필립'의 순서일까?

베아트리스가 없는 필립의 삶이란

상상할 수도 없다고 믿었기 때문이다.

그러니 '베아트리스'로 시작하지 않고 어떻게

나의 두 번째의 숨결을 표현해 낼 수 있단 말인가!

1장

·

·

부유했던
어린 시절

종이와 연필 없이 삶을 이야기한다는 것

1993년 6월 23일, 나는 이 날을 죽을 때까지 잊지 못할 것이다. 끔찍한 사고로 전신 마비가 되어 버린 날이기 때문이다. 그리고 1996년 5월 3일, 이 날도 나는 영원히 잊을 수 없을 것이다. 나 자신보다 더 사랑하는 내 아내 베아트리스가 세상을 떠난 날이기 때문이다. 그녀가 내 곁을 떠나간 이후 내게는 더 이상 과거도 미래도 존재하지 않는다. 오직 현재형으로 지속되는 순간순간의 고통만이 나와 함께할 뿐이다. 그럼에도 내겐 한 조각 희망이, 그리고 미래가 남아 있다. 베아트리스와 나, 우리 두 사람의 소중한 아이들, 래티티아와 로베르 장이 바로 그 희망이며 미래이다.

사고를 당하기 전까지만 해도 나는 무한한 호기심을 갖고 사물들의 뜰에 나의 발자취를 남기기 위해 노력하며, 고귀한 것을 성취하려 애쓰는 평범한 사회 구성원 중 하나일 뿐이었다. 사고 후의 생각들은 불쑥불쑥 찾아와 나를 무던히도 괴롭혔다. 특히 베아트리스가 세상을 떠난 뒤 내 삶에는 죽음과도 같은 고통만이 가득했다. 그 고통은 심지어 내가 사고를 당한 뒤 겪어야 했던 육체적·정신적 고통보다도 더 심한 것이었다. 그 잔인한 파편들로 인해 내 뇌리 속에는 어두운 기억들만이 음습하게 자리하기 시작했다.

내게 더 이상 존재하지 않게 된 것들을 되찾은 곳은 바로 내 안의 가장 깊은 곳, 즉 무자각의 심연에서였다. 나의 깊은 침묵은 오랫동안 내가 잊고 지냈던 행복한 순간들을 떠올리게 해 주었다. 내 삶은 어떤 하나의 연속된 이미지로 전개되고 있었다. 사고를 당한 후 한 달쯤 지났을 때 받은 기관 절제술은 한순간에 나를 벙어리로 만들어 버렸다.

절친한 친구 하나가 정보처리 화면을 내 머리맡에 놓고 모니터에 찍혀 나오는 지시문을 반복해서 읽어 주었다. 알파벳이 화면 위에 줄지어 지나갔다. 나는 커서를 정지시켰다. 한 글자가 나타났다. 조금씩 글자들이 단어를 이루었고, 문장을 이루었고, 모니터의 반쪽을 채웠다. 단어를 신중하게 선택하는 일과 나의 친구를 기진맥진하게 만들어 버리는 그 끈질긴 노력은 내게 묘한 쾌감을 가져다주었다. 그때마다 나는 날카로운 정확성을 맛보았다. 한 글자 한 글자의 무게가 더 깊이 문장을 뿌리내리게 했다. 그러나 나에겐 실수할 권리가 없었다. 내 사랑, 베아트리체를 떠올릴 때마다 그 단어들이 내 목을 졸랐기 때문이다.

밤에는 침대에 누워 있어도 좀처럼 잠을 이룰 수가 없었다. 또다시 온몸이 마비가 되어 버린 것이다. 나중에 사람들은 내 배 위에 매우 특별한 녹음기를 가져다 놓았다. 그 녹음기는 아무 소리도 들리지 않으면 자동으로 멈추어 버렸다. 또는 내가 더 이상 아무것도 들리지 않기를 원하면 제 스스로 알아서 멈추었다. 그리고 반드시 첫 단어를 시작한 후에만 다시 작동하기 시작했다. 내가 한 말이 녹음되지 않았다면 나는 아무것도 알 수 없었다. 한데, 진짜 문제는 녹음기보다 내가 더 자주 고장 난다는 사실이었다.

백지 없이, 뭔가를 썼다가 손쉽게 지울 수 있는 연필 한 자루 없이 삶을 이야기한다는 것은 녹록치 않은 일이다. 탁자에 앉아 종이를 앞에 놓고, 왼손을 이마에 대고, 한참 동안 생각해 보지 않는다는 것……. 자신의 드넓은 여백을 빽빽이 채워 주기를 조용히 기다리고 있는 그 종이에 손이 가도록 내버려 두지 않기란 참으로 어려운 일이다. 거의 다 사라져 버린 목소리만 삭제나 정정의 과정 없이 녹음테이프에 고스란히 저장된다.

갑자기 오른쪽 어깨 위를 주먹으로 힘껏 내려치는 것 같은 아픔을 느낀다. 마치 자라라도 된 것처럼 머리가 두 어깨 속으로 기어 들어간다. 순간 내 몸은 움직임을 멈추고, 몸이 위축된 채 경련을 일으키다가 침대 위에 쓰러진다.

고양이, 그렇다 고양이! 밤새도록 고양이가 내 몸을 지나간다. 그 놈은 나의 경련을 통해 자신이 살아 있다는 것을 느끼고 싶어 하는 게 아닐까.

어깨 부위에서부터 시작해 사지의 끝에 이르기까지 마치 들불처럼 번져 가는 통증이 끊임없이 나를 괴롭힌다. 몸의 욱신거림은 일기예보라도 하듯 다음 날 날씨가 좋을지, 혹은 그 반대일지를 정확히 예측해 내곤 한다. 그럴 때면 나는 넓적다리, 무릎 주변, 장딴지 아래에 극심한 통증을 느낀다. 어쩌면 나의 고통을 조금이라도 덜하게 해 줄 수 있을지 모른다는 희망으로 사람들은 나를 이러지도 저러지도 못하게 한다. 그럼에도 고통은 조금도 줄어들지 않는다. 그들은 그것을 '고통 유령'이라고 부른다. 나는 자주 운다. 슬퍼서가 아니라, 고통 때문에 운다. 나는 고통이 진정되고 눈물이 마르기를 기다린다. 그리고 나의 감각이 둔해지기를 기다린다. 많은 시간이 지난 뒤에야 고통도 지쳤는지 조용히 잠이 든다. 그럴 때면 나는 다시 대답 없는 고통에게 조용히 말을 건다.

가끔 나는 고독이란 병을 앓는다. 그때마다 영화를 공부하는 여학생 플라비다에게 도움을 청하곤 한다. 그녀는 만족스러워하는 듯한 미소, 선이 뚜렷한 입술, 질문을 던지는 듯한 왼쪽 눈썹을 갖고 있다(그녀의 왼쪽 눈썹은 실제로 약간 '물음표'를 닮았다). 역광을 받고 있기 때문일까? 파란색 얇고 긴 치마를 입은 그녀는 자신의 몸매가 고스란히 드러나 있다는 사실을 인식하지 못하는 것 같다. 올해로 27세가 된 여자의 몸의 현란한 곡선들이 시체나 다름없는 내 몸을 아직도 자극할 수 있다는 사실을 그녀는 깨닫지 못하는 모양이다. 나는 그 모든 것을 그녀가 받아 적도록 한다. 나는 부끄러울 것이 없다. 그녀의 속살이 내 눈에 비친다.

고양이가 내 배 위에 다시 자리를 잡는다. 그놈이 몸을 뒤척일 때마다 베아트리스의 부재와 끝없는 육신의 고통에 반항이라도 하듯 내 몸은 뻣뻣해진다. 그럼에도 나는 행복했던 순간들을 기억해야 한다. 그리고 누군가에게 이야기해야 한다. 그래야 그 기억의 다리 끝에서 베아트리스를 다시 만날 수 있을 테니까!

언젠가 나는 사랑하는 그녀와 다시 만나기 위해 내가 사랑하는 다른 사람들과 이별해야만 할 것이다. 설사 낙원이 실제로 존재하지 않는다 해도 나는 그녀가 거기에 있다는 것을 알고 있다. 그녀는 그것을 굳게 믿어 의심치 않았고, 나 역시 그것을 간절히 원하고 있었으니까!

하늘에 있는 베아트리스여, 나를 구해 주오!

“콘돔을 하나 사려고요”

모로코 왕국의 항만도시 카사블랑카의 작열하는 태양 속, 그 무렵 나는 아마도 예닐곱 살쯤 되었을 것이다. 내 형제들과 나는 샤를 드 푸코(프랑스의 군인이자 성직자이며 탐험가) 종교학교에 자주 드나들었다.

교실에서 여자 아이들이 레크리에이션을 하는 동안 남자 아이들은 운동장에서 파도처럼 먼지를 일으키며 신나게 공놀이에 몰두해 있었다. 순식간에 그들의 팔다리는 먼지로 뒤덮였고, 반바지와 셔츠는 꼬질꼬질한 누런빛으로 물들어 버렸다. 공놀이에 참가하지 않은 아이들은 무리를 지어 다른 놀이에 심취해 있었다. 우리는 ‘상인과 선수’ 놀이를 특히 좋아했다. 아이들은 제각각 자기 취향대로 상인이나 선수가 되어 길게 이어진 담장을 따라 행진했다. 나는 상인이었다. 나의 쌍둥이 형제 알랭은 선수였다. 그것도 탁월한 ‘사격’실력을 가진 선수였다. 이 선수는 살구 씨를 가지고 담장 아래 공터에서 상인의 다리 사이에 있는 '씨'를 맞춘다. 나는 막 피어오르는 아침 햇살을 정면으로 마주한 채 적당한 곳에 자리를 잡고 선다. 이럴 땐 최대한 햇볕을 쪼이는 것이 좋다. 나는 반쯤 감은 눈을 나의 살구 씨에 고정시킨 채 선수의 사격을 기다리며 하나에서 셋까지 천천히 센다. 기쁨의 전율과 운동장에서 만들어지는 기분 좋은 먼지에 취한 나는 순간 눈을 감는다. 내가 정신을 차리는 동안 수업은 끝이 나고 종이 울린다.

새로운 학생들이 놀이를 시작하고, 순간 당황한 나는 자리에서 벌떡 일어선다. 주머니에서 손수건을 꺼내 얼른 내가 준비해 온 씨를 정성껏 싼 다음 몸에 불이라도 붙은 듯 쏜살같이 달려간다. 처음으로 나는 다리 사이에서 이상한 열기를 느끼기 시작한다……. 내 기억의 첫 자락에 자리하고 있는 그 기묘한 감정들을 떠올리며 부자유스런 침대 위에서 나는 혼자 얼굴을 붉힌다.

그로부터 얼마 후 우리 가족은 네덜란드로 이주했다. 아버지는 영국-네덜란드 유조선에서 일했다. 나와 나의 남자형제들, 누이동생 발레리, 가정교사 크리스티나는 2층에 있는 방들에서 지냈다. 크리스티나는 불그스름한 머리에 연둣빛 눈을 가진 무척이나 아름다운(적어도 내 눈에는!) 여자였다. 그녀의 굴곡진 몸매를 따라가다가 옆얼굴에서 문득 주근깨를 발견했다. 당시만 해도 미니스커트가 유행하던 때였다.

그녀는 층계참에서 자신의 란제리를 다림질하고 있었다. 나는 그 모습을 바라보며 잠시 그대로 머물러 있었다. 그때 갑자기 허리춤 아래가 거북살스러워졌다. 나는 갑자기 얼굴이 홍당무처럼 붉어져서는, 내가 입고 있던 영국산 플란넬 회색 반바지를 감히 내려다보지도 못하고 있었다. '크리스티나가 눈살을 찌푸리면 어떡하지?' 나는 허리춤 아래가 편안해질 때까지 한참 동안 진땀을 흘리며 서 있어야 했다.

그때였다. 그녀가 갑자기 이상한 행동을 했다. 그녀는 내게로 오려는 듯 다림질 탁자를 빙 돌아 나에게 등을 보인 채로 다가왔다. 그러다가 갑자기 마치 뭔가를 줍기라도 하려는 듯 허리를 굽히며 엉덩이를 내 쪽으로 쭉 내밀었다. 나는 숨쉬기조차 힘들 만큼 잔뜩 경직된 채로 있다가 조금 시간이 지난 뒤에야 겨우 숨을 들이쉴 수 있었다. 노출된 그녀의 풍만한 엉덩이에 고정되어 있던 나의 시각은 그렇게 영원히 지속되었다.

얼마간 시간이 지난 뒤 우연히 나는 그녀의 사진을 보았고, 그녀가 별로 아름답지 않다는 것을 알게 되었다. 그녀의 치아는 보기 싫게 벌어져 있었고, 피부는 탄력이 없어 보였으며, 무릎 뼈는 돌출돼 있었다. 그렇게, 모든 것이 '관점의 문제'라는 것을 나는 비교적 어린 나이에 깨달았던 것이다.

좀 더 시간이 지나 나는 열다섯 살이 되었다. 나는 친구들에게 내가 용기 있는 사람이라는 걸 보여 주고 싶었다. 그래서 약을 사러 온

손님들로 북적대는 한 약국으로 보무당당하게 들어갔다. 한참을 기다리다가 드디어 내 차례가 왔다. 한데, 내 앞에 선 사람이 하나씩 줄어들 때마다 충천했던 나의 사기는 차츰 사그라졌다. 그러다가 급기야 내 앞에 덩치 큰 여자 약사가 나타났을 때 모기 소리처럼 작은 목소리로 이렇게 말했다.

"콘돔을 하나 사려고요."

여자 약사가 잘 안 들린다며 다시 이야기해 달라는 바람에 나는 불에 덴 듯 얼굴을 붉히며 몇 차례나 같은 말을 반복해야 했다.

"작은 거, 중간 거, 아니면 큰 거?"

그녀가 빈정거리듯 다시 물었다. 나는 더 이상 부끄러움을 참지 못한 채 약국 문을 열고 멀리 달아나 버리고 말았다. 그녀의 따가운 눈초리가 내 뒤통수에 박혀 오래도록 떨어지지 않는 것만 같았다.

나는 이제 열일곱 살이다. 우리는 겨울 스포츠를 하러 갔다. 내 쌍둥이 형제 알랭에게는 벌써 '여자친구'가 있었다. 그런 터라 소년 소녀들이 함께 모여 있었다. 나는 그들이 나타나도 얼굴이 별로 붉어지지 않았다. 저녁을 먹고 난 뒤 우리는 포도주를 마시며 모닥불 앞에서 밤새도록 기타를 치고 노래를 불렀다.

한 소녀가 옆자리로 와서 앉더니 가만히 내 어깨에 머리를 기댔다. 놀랍게도, 그녀는 알랭의 여자 친구였다. 그녀는 프랑스의 식민지 가문 출신으로 베트남에서 태어났고, 나보다 한두 살 나이가 많았다. 그녀는 아시아 인종답게 찢어진 눈에 거무스름한 피부를 가지고 있었다. 그녀가 씨익 웃으며 내게 더 가까이 다가왔다. 그녀의 몸에서 후추 향이 났다. 나는 당황스러워 벽난로의 불길 속으로 숨어 버리고 싶었다. 그러다가 갑자기 욕망의 열기가 나를 휘감았다. 나는 그 소녀를 갖고 싶었다. 내 안에서 그녀를 안고 싶다는 마음과 그래선 안 된다는 마음이 격렬하게 싸우고 있었다. 머리를 한 번 세차게 흔든 뒤 그녀에게서 물러나려 했지만, 나는 어느 순간 붙박이 작은 침대가 덩그러니 놓인 방 안에서 욕망의 포로가 된 채 그녀와 함께 머물러 있었다. 사실, 내가 그 순간을 꿈꾼 것은 이미 몇 년째였다.

그녀는 아무렇게나 옷을 벗어 던진 다음 내 몸 위에 엎드렸다. 무척이나 당황한 나는 아무렇지 않은 척 미소를 지어 보려고 했다. 하지만 그러고 있자니 왠지 더 어색해졌고 얼굴이 찡그려졌다. 그녀는 쩔쩔 매는 나를 보고 깔깔 웃으면서 "그런데, 넌 바지 안 벗을 거니?" 하고 물었다. 그러고는 내가 옷 벗는 것을 도와주었다. 우리는 그렇게 여러 날을 침대에서 뒹굴며 함께 지냈다.

전신 마비가 되어 거의 모든 감각을 잃어버리는 와중에 겨우 살아남은 나의 감각들은 수시로 나를 골탕 먹인다. 나는 처음으로 브르타뉴 해변에 있는 케라프의 재활교육센터에서 외출을 했다. 베아트리스는 시원하게 펼쳐진 바다를 한눈에 내려다보고 있는 작은 카페까지 새로 장만한 휠체어를 밀어 주었다. 카페에 도착하자 그녀가 내 앞에 자리를 잡고 앉았다. 그녀의 뒤에서는 돛단배들이 파도 위에서 넘실대고 있었고 가끔씩 물방울들이 뱃전으로 튀어 올랐다. 한차례 소나기가 퍼부으려는지 몇 시간 전까지만 해도 파랬던 하늘은 어느새 회색빛으로 바뀌어 있었다. 고열에 시달린 뒤여서인지 목덜미가 선뜩했다. 나는 내 얼굴에 자기 얼굴을 대고 있는 베아트리스의 따뜻한 온기를 영원히 떠나고 싶지 않았다.

쿨럭쿨럭 밭은기침을 했다. 그런 다음 고통스럽게 가래를 뱉어 냈다. 마음이 불안해진 그녀는 나를 재활교육센터로 서둘러 데려갔다. 의사는 폐렴이라고 진단했다. 나는 벌써 이곳에 온 뒤 두 번째로 로리앙 병원 소생실에 이송되어 기관을 열고 목구멍 정밀 검진을 받아야 했다. 검진을 끝낸 뒤 한 간호사가 내 왼팔에 정맥주사를 놓았다. 그런 다음, 알코올을 적신 탈지면으로 주사 놓은 부위를 문지르고 반창고를 붙여 주었다. 나는 갑자기 약 기운에 취해 잠에 빠져 버렸다. 창이 하나도 없는 방 안에 나는 홀로 있었다. 분명 밤인 것 같은데, 간호사도 한 명 없었다. 빨강색, 녹색, 그리고 흰색에 가까운 노랑색 불빛들이 점멸하고 있었다.

나는 온몸이 마비되었다. 나의 감각들이 가장 왕성하고 날카롭게 살아 있을 때 적군이 밀려오듯 마비가 찾아온 것이다. 나는 벌써 일 년 가까이 베아트리스와 끝없이 포옹하며 사랑을 나누고 싶은 그 달콤한 욕망을 억제한 채 지내야 했다. 잠들어라, 나의 천사여!

발기된 나의 '토토'

잠에서 깨자 직장 내진이다. 이어서 샤워다. 샤워를 거의 마쳐 갈 무렵, 한 사람이 내게 다가온다. 마르티니 캐즈다. 큰 덩치에 어울리지 않게 부드러운 목소리를 가진 그녀가 자기 어깨에 내 다리를 올린다. 그녀가 웃으며 말한다.

"자, 포조 씨! 사람이 올 거예요. 그러니 조금만 더 참으세요."

그녀의 도움을 충분히 받지 못한 오른팔 때문에 나는 샤워용 의자 쪽으로 쓰러진다. 그 충격을 이기지 못하고 의자가 부서진다.

간호조무사 마르셀이 내 조수 압델을 부른다. 나를 침대에 눕히려는 것이다. 압델은 내 다리를 발판에서 들어 올리느라 자기 머리를 내 폐에 닿도록 바짝 기울인다. 그런 다음, 내 무릎을 자신의 무릎에 고정시킨다. 그러고는 억센 팔로 등허리를 조른다. 그는 뒤에서 부지

런히 움직이고, 나는 그에게 몸을 내맡긴 채 아직 닫혀 있는 덧창들의 반사광을 받으며 서 있다. 기분이 좋아진다. 몸 안에 대단한 것이 남아 있는 건 아니다. 피가 발가락 속으로 천천히 흐른다. 나는 다시 천사가 된다. 압델이 나를 욕창 방지 매트리스에 눕힌다. 마르셀은 웃으면서 그녀가 '작은 화장실'이라고 부르는 것을 떼어 낸다. 그녀는 그 노획물을 보존하기 위해 페닐렉스를 제거한다. 베아트리스는 내 물건을 '토토Toto'라고 불렀다. 나는 마르셀의 웃음소리를 듣고 있다. 갑자기 나의 토토가 발기된다. 그녀는 이제 페닐렉스를 다시 채울 수 없다.

케라프의 재활교육센터의 사지 마비 환자들은 대부분 상류 계층에 속해 있다. 말하자면, 우리는 이 사회의 최고 지위를 차지하고 있는 셈이다. 우리는 묘한 공감대를 갖고 서로를 담담히 바라본다. 우리는 '테트라(카라신 과에 속하는 관상용 소형 열대어)'를 닮았다. 테트라는 팔도 다리도 없이 오직 꼬리만 흔들며 헤엄치기 때문이다.

“공작님께서 많이 피곤하신가요?”

나는 이탈리아 풍의 가정에서 포조 디 보르고 공작 가문과 보귀에 후작 가문의 자손으로 태어났다. 프랑스 혁명기의 공포 정치 기간 동안 칼 앙드레아 포조 디 보르고는 한때 절친한 친구였던 나폴레옹과 결별을 선언했다. 그 후 그는 비교적 젊은 나이에 영국인들의 비호 아래 코르시카의 수상이 되었다.

이후 그는 러시아로 망명했고, 거기서 ‘오그르(‘코프시카의 식인 귀’라는 뜻. 왕당파가 나폴레옹에게 붙인 별명)’란 별명을 얻었으며, 군주국들의 승리에 기여했다. 칼 앙드레아 포조 디 보르고는 대단한 영향력을 발휘하여 막대한 이익을 챙김으로써 백만장자가 되었다. 러시아 황제의 최측근이었던 만큼 그의 영향력은 실로 대단했다. 프랑스 대혁명으로 추방당한 모든 공작들과 백작들, 그리고 많은 유럽인들이 그에게 깊이 감사를 표했다. 왜냐하면 보르고가 그들의 재산과 지위와 명예를 회복하도록 돕기 위해 적절히 개입해 주었기 때문이었다. 루이 18세는 심지어 '포조는 전 유럽을 통틀어 가장 가치 있는 사람'이라고 추켜세웠을 정도였다. 적절한 동맹과 현명한 제휴 관계를 통해 포조 일가는 여러 대를 이어 우리 대에 이르기까지 막대한 재산을 고스란히 물려줄 수 있었다.

나의 할아버지 포조 디 보르고, 혹은 '공작 조'라 칭하는 조셉은 부유한 미국 여성과 결혼했다. 그는 자신의 아내가 딸을 낳자마자 '그라니'라는 이름을 지어 주었다. 할아버지 조는 1932년 결혼 당시의 상황을 우리에게 종종 즐겁게 이야기해 주곤 했다.

스무 살 그라니는 자신의 어머니와 함께 세상의 크고 강력한 나라들을 구경하기 위해 세계 여행을 떠났다. 그라니보다 머리 하나는 더 큰 코르시카의 어느 귀족 집에 두 사람이 함께 도착했다. 노르망디 지방의 어느 성에 딸린 식당의 굉장히 큰 식탁에서 어머니가 딸에게 영어로 물었다. 그럼에도 그 자리에 있는 사람들 모두가 그녀의 말을 알아들었다.

"얘야, 우리가 어제 만난 공작이 이보다 훨씬 크고 화려한 성을 소유하고 있다는 걸 넌 모르니?"

하지만 그라니는 그 작은 코르시카 성을 더 좋아했다.

1936년 좌파가 정권을 잡았을 때였다. 극우파의 음모자들이 주동이 되어 공화국을 전복시키기 위해 만든 어느 조직 활동에 관여했다는 이유로 조 포조 디 보르고는 감옥에 수감되었다. 사실 그는 극우파들과는 아무런 관련도 없었다. 누군가의 밀고로 억울하게 누명을 쓴 것이었다. 그 유명한 상테 감옥에 수감되어 있는 동안 그의 아내와 몇 안 남은 친구들이 그를 찾아왔다. 그때마다 그는 이런 식으로 유쾌하게 말하곤 했다.

"불편한 건 없어. 당신을 감옥으로 부르면서 감옥에 있지 않다고 말하게 할 수 없다는 점만 빼면……."

러시아로 망명한 이래로 어느 섬에 살면서 우리 집안의 재산을 지켜 준 코르시카 씨족의 필립은 할아버지가 처한 상황에 분개했다. 그는 사람들을 모아 완전 무장을 시키고 그들과 함께 파리로 올라와서는, 곧장 상테 감옥으로 갔다. 필립은 그가 제거해야 할 사람들의 명단을 달라고 할아버지에게 요구했다. 하지만 할아버지는 그들에게 소란 떨지 말고 조용히 돌아가 있으라고 말했다. 한참을 버티다가 하는 수 없이 밖으로 나가면서 필립은 놀라움과 실망스러움이 뒤섞인 표정으로 공작 부인에게 말했다.

"공작님께서 많이 피곤하신가요?"

출감 후 할아버지는 모든 정치 활동의 중단을 선언한 뒤 자신의 세계에 완벽히 틀어박혔다. 그의 세계는 파리의 호텔, 노르망디의 성, 코르시카의 산과 베니스에 있는 다리오 궁으로 연결돼 있었다. 그는 겉으로는 세상일에 무심한 듯 지내면서도 체제에 반대하는 많은 사람들과 비밀스럽게 관계를 유지하고 있었다.

할아버지는 내가 열다섯 살 때 돌아가셨다. 나는 다이아몬드로 반짝거리는 파리의 무도회장에서의 어느 날 저녁을 기억한다. 당시 나는 어린 아이였다. 아름다운 사교계 사람들의 화려한 엉덩이 높이에 내 머리가 겨우 이를 정도로 키가 작은 아이였다. 그날 나는 무도회장을 돌아다니다가 수많은 사람들의 엉덩이들로 가득한 가운데 조강지처가 아닌 다른 한 여자의 엉덩이 위에서 갑자기 할아버지의 손을 잡았다. 할아버지의 난감해하던 얼굴 표정이 지금도 생생하다.

보귀에 가문의 역사에 대해 이야기하자면 아주 오랜 옛날까지 거슬러 올라간다. 직업 군인 출신이었던 로베르 장 드 보귀에 할아버지는 제1, 2차 세계대전에 참전해 많은 전공을 세웠다. 그는 대단한 열정을 간직했으며 아주 용감한 사람이었다. 또한 그는 명예를 그 무엇보다 중요하게 생각했고, 노블리스 오블리주를 몸소 실천하는 사람이었다.

그는 상파뉴 지방의 여러 가문들 중 한 가문 출신의 가장 아름다운 처녀와 결혼했다. 20여 년간 장교로서 복무하고 난 뒤 그는 상파뉴 회사의 주인이 되었고, 동시에 샴페인 농장을 경영하여 1933년 은퇴할 무렵에는 막대한 부를 축적했다. 말하자면, 그는 소가족 사회로부터 시작하여 자신만의 거대한 제국을 만들었던 셈이었다.

그는 대장부의 기개와 열정의 힘만으로 눈부신 결과를 얻어 냈다.

말년에 그는 『경영자들에게 경고함』이라는 제목의 작은 판형의 책자에 자신의 일생의 모든 것들과 생각을 담아냈다. 나는 이 책을 지금까지도 애독하고 있다.

로베르 장 드 보귀에는 타협을 모르는 성격 탓에 일부 그의 동료들로부터 심한 비난을 받기도 했다. 심지어 사람들은 그를 '붉은 후작'이라고 부르기까지 했다. 그에 대해 그는 이렇게 응대하곤 했다.

"나는 후작이 아니라 백작이다."

그는 자신의 정치색을 구태여 부인하지는 않았다. 그를 뒤이은 재정가들은 그의 업적에 흠집을 내고 싶어 했지만 그는 영원한 나의 멘토였다. 나는 아들을 낳게 되면 반드시 '로베르 장'이라 지을 생각이었다.

나의 아버지 샤를 앙드레는 조 포조 디 보르고의 여러 아이들 가운데 장남이다. 그는 늘 활동적으로 생활했는데, 가문의 도움 없이 자신의 힘만으로 업적을 남겨야겠다고 결심했다. 그는 자신의 아버지 조 포조 디 보르고의 방식과는 정반대로 일했다. 그는 자신의 소유로 돼 있는 회사의 작업장에서 평범한 노동자들과 똑같이 일하며 기초부터 차근차근 실력을 갖추어 나갔고, 맡은 일을 성실히 수행해 냈다. 그는 자신의 사업으로 인해 여러 나라를 옮겨 다니며 살아야 했다.

나는 그가 섬유 그룹의 최고경영자로 눈코 뜰 새 없이 바쁘게 일하면서도 한때 일과 가정 사이에서 균형을 찾기 위해 자신의 직업을 포기하기도 했었다는 사실을 그가 타계하고도 몇 년의 시간이 더 흐른 뒤에야 알게 되었다.

나의 부모는 연년생으로 슬하에 세 남자아이를 두었다. 레니에, 그리고 알랭과 나. 알랭과 나는 쌍둥이였고, 레니에는 우리 쌍둥이 형제와 11개월 정도 차이가 났다. 우리 가족은 아버지의 일로 인해 무려 열다섯 번이나 이사를 해야 했다. 그때마다 어머니는 거추장스러운 가구들과 자신이 어렵게 사귄 친구들을 고스란히 남겨 둔 채 떠나야 했다. 아버지는 비즈니스 차 자주 여행을 떠나 있었고, 어머니에게는 우리 형제들의 양육과 집안일을 도맡아 처리하며 어머니를 그림자처럼 보호해 주는 유모가 한 명 있었다.

나는 욕심이 많은 아이였다. 어린 시절 알랭과 내가 함께 사용하는 유모차가 한 대 있었는데, 나는 언제나 그보다 먼저 거기에 올라타야만 직성이 풀렸고, 어느새 그것이 습관이 되어 있었다. 여러 해 동안 나는 그렇게 했고, 알랭은 늘 욕구불만에 시달리며 보채고 울다가 한 번씩 그 일부나마 해소하기 위해 내 머리를 세게 때리곤 했다.

지금은 등이 굽은 알랭은 나를 휠체어에 앉힌 다음 힘이 빠질 때까지 밀어 주곤 한다. 그런 다음 그는 가쁜 숨을 몰아쉬며 나를 물끄러미 내려다본다. 그때마다 나는 머리를 드는 걸 거부한다.

트리니다드의 해변에서 우리는 옷을 입은 채로 원주민처럼 뛰어

놀며 하루 종일 수영을 하곤 했다. 이 무렵 우리는 영어로 자신의 감정과 의사를 표현하는 방법을 익혔고, 나중에는 프랑스어를 배웠다. 저녁이면 우리는 방에서 서로 치고받고 싸웠다. 나는 옆 침대에 오줌을 누는 따위의 몹시 짓궂은 장난을 서슴지 않던 그 시절에 대한 세밀한 추억을 아직까지도 소중히 간직하고 있다.

이후 우리 가족은 북아프리카의 알제리와 모로코로 이사를 했다. 그곳에서 우리는 중학교에 입학했고, 당시 몇 살이었는지 정확히 기억이 나지 않는 어느 수줍음 많은 아가씨와 함께 프랑스어를 배웠다.

거센 바람이 불던 어느 날이었다. 몸이 허약했던 알랭이 기둥을 안고 있었는데, 바람이 어찌나 세게 불던지 그만 기둥이 넘어져 날아가는 바람에 알랭도 거기에 매달려 함께 날아가는 것을 나는 별 도리 없이 지켜보고만 있었다. 그때 그 아가씨가 알랭에게 매달려 어떻게든 붙잡아 보려 애를 썼지만, 소용이 없었다. 그러다가 철책에 그 기둥이 걸리는 바람에 아가씨와 알랭은 겨우 하염없이 날아가는 일을 멈출 수 있었다. 그렇듯 여자들의 관심을 한 몸에 받는 그 쌍둥이 형제에 대해 나는 그때 처음으로 어떤 질투의 감정 비슷한 것을 느꼈다.

모로코에 이어 우리는 런던으로 이사했다. 당시 우리 집 유모의 이름은 낸시였다. 나는 그 아름다운 갈색 아가씨 옆에서 수작을 부리는 레니에를 주시하고 있었다. 머리가 좋은 그는 자주 꾀병을 앓아 부모님의 더블침대에 누운 채 낸시의 극진한 간호를 받곤 했다.

어느 날 나도 그를 따라 꾀병을 부려 보기로 마음먹었다. 나는 마치 열병에 걸린 것처럼 꾸미기 위해 한참 동안 뜨거운 라디에이터에 누워 있었는데, 결국 낸시의 극진한 간호를 받기는커녕 레니에의 고자질로 어머니한테 엉덩이와 뺨에 불이 나도록 매를 맞은 다음 의자를 드는 벌을 받아야만 했다.

성찬식에 사용할 빵을 몽땅 훔치다

여덟 살에 나는 두 형제들과 함께 할머니 그라니의 프랑스 파리식으로 근사하게 꾸며진 살롱에 갔다. 위대한 바이올리니스트였던 그녀는 음악에 전혀 관심이 없는 공작 조와 결혼한 이후 더 이상 자신의 재능을 펼칠 수 없었다. 그녀는 작은 바이올린과 무도장에 당당하게 자리 잡고 있는 스타인웨이 피아노를 한 대 갖고 있었다.

그녀는 레니에, 알랭과 나, 세 사람 모두를 불렀다. 나는 커다란 검은색 피아노에 순식간에 매료되고 말았다. 알랭은 작고 귀여운 바이올린과 그 작은 악기의 복잡성 앞에서 감탄해마지 않았다. 레니에는 조 할아버지의 피를 고스란히 물려받기라도 한 것처럼 음악에는 조금도 관심이 없었다. 알랭과 내가 함께 피아노와 바이올린을 연주하려고 할 때, 평소 같으면 틀림없이 한 번쯤 빈정거리고 넘어갈 법한

데도 어쩐 일인지 완전 소 닭 보듯 했다.

나는 그 예기치 않은 오디션이 어떤 면에서 힘겨운 것인지를 이내 알게 되었다. 알랭과 함께 그의 기숙사에서 열린 콘서트에 대한 쓰라린 굴욕을 나는 지금까지도 잊지 않고 있다. 나는 알랭과 함께 베토벤의 소나타를 연주하기로 되어 있었다. 처음에 알랭은 무대의 한쪽 끝에서 소심하게 소곡을 연주하기 시작했는데, 제멋대로인 그의 연주 소리를 듣고 기숙사생들이 우우― 야유를 보냈다. 그러나 어떻게든 연주를 끝내기 위해 그는 다른 쪽 구석으로 가서 소곡을 마저 연주했다.

그날 우리의 합주는 들어 보고 말고 할 것도 없이 엉망진창이었다. 그 일이 있고 난 뒤 나는 그와 함께 연주하는 일이 결코 없었다. 그리고 지금은 나 또한 연주를 하지 못한다.

우리는 박물관으로 사용되고 있는 성을 방문했다. 그 성 전체는 칼앙드레아 포조 디 보르고의 생애를 되새기고 있었다. 성의 관리인은 우리에게 응접실, 도서관, 그리고 화려한 방들을 차례로 보여 주었다. 도서관에 있는 두 점의 커다란 그림은 벽에 걸린 채 서로 마주보고 있었다. 하나는 제라르가 그린 위풍당당하고 의기양양한 칼 앙드레아 포조 디아고를 그린 그림 가운데 하나였고, 다른 한 점의 그림은 다비드의 나폴레옹을 그린 작품이었다. 이 그림은 엘바 섬을 향해 유배를 떠나기 직전 실의에 빠져 있는 나폴레옹의 모습을 그린 것이다. 성의 관리인은 안정적인 코르시카 억양으로 "화장을 하는 시기지요. 안내인을 잊지 마세요!"라고 판에 박힌 듯 말하는 것으로 자신의 일을 마무리했다.

사실 어떤 포조도 그 성에 살고 있지 않았다. 애초, 나의 조상 중 한 사람이 자신의 아내를 기쁘게 해 주고 싶은 마음에 그 섬에 성을 지었다고 했다. 그는 1871년 프랑스 대혁명이 일어나기 전 마리 드 메디시 포석을 다시 구입했다. 이 성에서 남편과 하룻밤을 보낸 그의 아내는 이곳에 살기를 간절히 원했다.

할아버지 조는 이태리 풍의 고풍스런 궁정을 복원하고 싶어 했다. 그래서 그는 유서 깊은 포조 디 보르고 마을 한복판에 성을 세웠고, 사랑하는 아내 그라니와 함께 기쁜 마음으로 이곳에서 생활했다. 성 안에 있으면 마치 시간은 흐름을 멈춘 듯했고, 그의 눈 아래로 모든 것이 펼쳐져 보였다. 궁정에서 보면 산허리에 있는 예배당이 한눈에 들어왔다. 가문의 모든 구성원들은 이곳에 매장되었고, 조의 현숙한 배우자이자 포조 디 보르고 공작부인 그라니 역시 여기에 매장될 것이다.

아버지는 무척 신중한 성격이었다. 그는 늘 깊이 생각한 뒤 자신의 의견을 표현하곤 했다. 그런데 어느 날 갑자기 그는 이렇게 말했다.

"레니에, 공부에 얽매이지 말아라!"

당시 레니에는 로슈의 어느 중학교에 입학할 예정이었다. 이 학교는 프랑스에서 유일하게 영국식 모델로 운영되는 기숙학교였다. 나이든 선생들은 젊은 제자들에게 협동심의 중요성에 대해 가르쳤다. 이 학교의 독특한 점 가운데 하나는, 일반 학교들에서 중시하는 지적인 면이나 신체적인 면과는 별개로 실제 사회 활동들을 중점적으로 가르치고 교육한다는 데 있었다. 레니에는 이 학교에서 평범한 축에 속했다. 그는 스포츠 방면으로는 좋아하지도 않고 재능을 타고나지도 못했지만 미술 분야 쪽으로는 어머니한테서 물려받은 열정과 재능을 맘껏 펼쳤다. 알랭도 레니에를 따라 로슈의 학교에 조만간 입학할 계획이었다.

아버지는 나와 쌍둥이 형제 알랭의 지적 능력 때문에 오랫동안 고민했다. 알랭은 그야말로 실어증에 걸린 게 아닐까 싶을 정도로 말수가 적었고, 나 또한 세 명의 머저리 가운데 하나였으니까. 아버지가 나를 파리에 데려갔을 때 나는 여덟 살이었다. 나는 몽타뉴 학교에서 입학시험을 치렀다.

합격자 발표 날 아버지는 내 손을 잡고 가서 우리 성씨를 명단에서 찾아보았다. 나는 충분히 합격할 자격이 있었고, 실제로 합격했다. 그러므로 나는 가족과 헤어져야만 했다. 나는 일 년에 두 번 있는 방학 때를 제외하고는 더 이상 가족을 만날 수 없게 되었다.

고모 멜리안 드 콩피에뉴와 고모부 필립, 그리고 나와 사촌형제 세 명은 파리의 대저택에 살았다. 고모는 매주 주말과 목요일 오후가 되면 우리를 반갑게 맞아 주었다. 그 기회에 나는 룩상부르그 공원으로 가기 위해 가끔 버스를 탔다. 나는 언제나 버스 맨 뒤쪽 좌석에 자리를 잡고 앉았다. 운전사는 태평스럽게 정지 벨 스위치에 손을 올려놓고, 모자의 챙을 다시 올리면서 등받이에 몸을 기댔다.

콩피에뉴 가문은 숙모의 가문이다. 그들은 내게 세탁장에 있는 방을 쓰도록 배려해 주었다. 나는 붙박이장에서 펼치면 침대가 되는 그 침대에서 밤이면 잠을 잤다. 그곳에서 나는 또 다른 프랑스를 발견한 셈이었다.

고모부 필립 드 콩피에뉴는 매우 독특한 캐릭터의 사람이었다. 그는 전사이면서 동시에 뛰어난 사냥꾼이기도 했다. 그는 결혼 후 값비싼 판지를 제조하는 작은 공장이 있는 파리와 폐허가 된 성에 붙어 있는 작은 촌락의 보잘 것 없는 영지 사이를 오가며 생활하고 있었다. 그는 거기에 있는 방들을 나름 개조하긴 했는데 그런 보람도 없이 방들은 하나같이 누추했다. 성은 그가 혼자 사냥을 하면서 대부분의 시간을 보내는 2,000헥타르에 달하는 숲의 한가운데에 자리하고 있었다.

그는 자신의 동물들 가운데서 쓸쓸히 죽어 갔다. 그는 고집스럽게도 자신의 몸을 전혀 돌보지 않았던 것이다. 그는 내게 사격술을 가르쳐 주었고, 나무들 사이에서 혼자 오래 머무는 관리인의 취향을 심어 주었다. 내게 플라이 낚시를 가르쳐 준 사람도 그였고, 우아한 몸짓으로 혼자 할 수 있는 다른 스포츠를 가르쳐 준 사람도 역시 그였다.

고모부 필립은 평소 말이 별로 없었다. 말하자면, 그는 우선 주먹을 쓰고 난 다음에야 자신의 견해를 밝히는 식이었다. 노르망디의 밀렵 감시인은 고모부의 어퍼컷 한 방에 쓰러진 다음 정신을 잃었다가 한참 뒤 다시 깨어났다. 고모부는 그 밀렵 감시인이 공작 부인인 장모에게 무례를 범했다고 생각했다. 고모부는 자신의 급한 성격 탓에 종종 마찰을 빚었고, 다혈질적인 성격 때문에 불필요한 손해를 입곤 했다.

사냥할 때를 제외하면 그는 열댓 명의 친구들과 주로 어울려 지냈다. 그들은 적어도 일주일에 한 번은 카드를 치기 위해 조의 집에서 주로 만났다. 그들은 그야말로 완벽한 유대감을 형성한 채 살고 있었다.

그들은 폭이 좁고 긴 테이블 양쪽에서 5~6명의 사람들이 각각 두 패로 나뉘어 밤새도록 게임을 즐기는 카드 놀이에 몰두하곤 했다. 8시가 되면 그들은 저녁을 먹기 위해 잠시 게임을 중단했다. 저녁식사는 대개의 경우 가까이에 있는 탕트 엘리아나('엘리아나 아줌마'라는 뜻)의 집에서 했다. 한데 그들은 그녀가 마치 자기들이 하는 이야기를 알아듣지 못한다고 생각하는 것처럼 아무 거리낌 없이 추잡한 이야기를 늘어놓곤 했다.

어쨌든 콩피에뉴 일가에서 지내는 동안 나는 무사태평함, 공고한 우정, 그리고 우아한 정신으로 이루어진 삶의 새로운 즐거움을 발견했다. 동시에 나는 그곳에서 냉혹하면서도 민감한 분위기도 발견했다. 나보다 두 살 연하인 고종사촌 동생 프랑수아는 고모부의 장남으로 청소년 시절 내내 나의 놀이친구가 되어 주었다. 콩피에뉴 가문 사람들이 모두 그렇듯 그는 성격이 무척 급하고, 거인처럼 키가 크며, 무슨 일을 하든 믿기 어려울 정도로 굼떴다.

나는 자전거를 타고 사촌들과 함께 숲 속 여기저기를 돌아다니곤 했는데, 그 기억이 아직도 생생하다. 나는 오솔길에서 그와 경주를 시작했다. 나무들 사이 비탈길로 우리는 쏜살같이 달려 내려갔다. 그곳에서 나는 뒤를 따르다가 넘어져서 살갗이 찢어지고 다리를 저는 프랑수아를 얼마나 여러 번 부축해야 했는지 모른다.

고모부 필립은 프랑수아가 열두 살 때 공용재산 경매를 통해 오렌지색 2마력짜리 스트로엔 자동차를 한 대 사 주었다. 그 후 여러 해 동안 그 용감무쌍한 자동차는 우리의 훌륭한 놀이 친구가 되어 주었다. 자동차를 타다가 미끄러져 다친 일도 어렴풋이 생각난다.

나는 그 시절 이후로 늘 그 자동차의 사진들을 갖고 다닌다. 자동차 주위에서 주머니에 손을 폼 나게 찔러 넣고, 입에 담배꽁초를 문 채 의기양양해하던 우리들 청소년 시절의 모습을 나는 흐뭇하게 바라보곤 한다. 그 무렵 세상은 우리의 것이었고, 우리는 필적할 만한 경쟁자를 찾기 힘들 만큼 대단한 개구쟁이들이었다.

나는 내 방에서 작은아버지 세코의 아이들을 돌보는 가정부의 방을 한 눈에 내려다볼 수 있었다. 세코는 나의 아버지의 동생이다. 숙모의 이름은 타니아인데, 영화에서는 오딜 베루스아로 나온다. 그 시절 3년여 시간 동안 내겐 가정부가 세상에서 가장 아름다운 여자였다. 욕실의 불투명한 창을 통해 나는 그녀를 몰래 훔쳐보곤 했다. 그러고 나면 그녀는 그 나머지 밤 동안 나의 생각 속에 오래오래 머물러 있곤 했다. 어느 날 저녁 이성의 통제를 뚫고 불쑥불쑥 솟아오르는 욕구로 미칠 지경이 된 나는 발끝으로 살금살금 계단을 밟아 내려갔다. 복도 끝에 도착한 나는 그녀의 방에 몰래 들어갔다. 얼마 후 그녀가 잠자기 위해 방으로 들어왔다. 나는 희미한 어둠 속에서 잠옷에 비치는 그녀의 몸을 보며 혼란스러움과 격정에 휩싸인 채 가만히 있었다. 그때 나를 발견하고 깜짝 놀란 그녀에게 나는 "머리가 아파서요!"라고 말했다. 그녀는 내게 아스피린을 꺼내 주었고, 나는 풀이 죽은 채 거실로 나와 2층으로 올라갔다.

2주 동안 나는 검은색 사제복 같은 교복을 입는 기숙학교인 보쉬 초등학교에서 생활했다. 그곳에서 우리는 매일 아침 미사를 드려야 했는데, 나는 아무런 감동도 없이 틀에 박힌 듯 미사에 참석하곤 했다. 식사는 구내식당에서 했고, 저녁이면 선생님들의 감독 하에 공부를 했다. 우리는 몽테뉴 고등학교와 루이 르 그랑 고등학교에 가서 강의를 듣기도 했다.

어느 날 아침, 나는 친구들과 함께 아직 예배에 사용되지도 않은 빵을 몽땅 훔치기로 모의했다. 우리는 나중에 시간이 나면 공원 벤치에 앉아 몰래 그것을 먹어 치울 생각이었다. 그러나 주교좌성당의 노신부가 성찬식을 거행하기 위해 준비할 때 사단이 벌어졌다. 성찬식에 사용할 빵이 몽땅 감쪽같이 사라져 버린 것을 노신부가 알게 된 것이었다. 이내 성당은 발칵 뒤집혔고, 집요한 탐문 수사 끝에 마침내 우리의 범행이 만천하에 드러나고 말았다. 그리고 너무나 당연하게도 우리는 노신부에 의해 공동으로 그에 대한 대가를 호되게 치러야만 했다. 당시 보쉬의 수도원장 가랑 신부는 나이가 무려 80세에 달했다. 놀랍게도 그는 우리 할아버지의 은사였으며, 아버지의 학창 시절에는 교장을 지낸 바 있었다.

아무튼 나는 빵 훔치기 범행에 가담했던 친구들과 함께 노신부에 대한 처절한 복수와 응징을 계획했다. 먼저, 우리는 물 폭탄을 여러 개 준비해 둔 다음 8층 창가에 서서 그 아래를 천천히 지나가고 있던 노신부를 겨냥했다. '파라락!!!' 아름다운 궤적을 그리며 떨어져 내려간 물 폭탄은 신부의 몸에 정확히 맞아 터졌고, 신부의 긴 옷은 순식간에 물로 흠뻑 젖어 버렸다. 습격 대성공!

이 일로 인해 학교에서는 주동자인 나에게 퇴학 처분이 내려졌고, 아버지는 그에 대해 반대하지 않았다. 그는 이미 보쉬에서 나를 나오게 하기로 결정한 뒤였기 때문이었다. 그는 내가 엄숙함을 강요하는 미션 스쿨과는 체질적으로 맞지 않는다는 것을 잘 알고 있기 때문이었다.

나는 로슈에 있는 학교로 전학가게 되었다. 거기에서 나는 나의 형제들을 만났다. 1학기가 다 끝나 가는 시점에 나는 그곳에 도착했다.

이 학교는 일반인들은 감히 엄두도 내지 못할 정도로 엄청나게 비싼 학비를 책정함으로써 최상위 부유층 자녀로 입학을 제한하고, 그로 인해 명성을 쌓아 가는 전략을 취하고 있었다. 이 귀족학교에서 나는 왕따 신세였다. 나는 나의 형제들도 거의 만나려 하지 않았다. 날마다 피아노를 치는 일로 소일했으며, 나만의 공간으로 주어진 작은 연구실에서 담배를 피우며 시간을 때우는 일이 많았다.

아이러니하게도 나는 이 호화로운 귀족학교에 있는 동안 사회적인 불의에 눈을 뜨게 되었다. 나는 법을 체계적으로 공부하게 되면서 부르주아에게는 관대하고 프롤레타리아에게는 냉혹한 경제법의 현실에 대하여 분노로 치를 떨었다. 그 무렵 나는 마르크스, 엥겔스, 알튀세르 같은 공산주의 사상가들에 대해서도 알게 되었다. 나는 숙소에서 〈메시아〉, 〈아기 예수에 관한 20가지 시각〉 같은 피아노곡을 들으며 공산주의 사상가들에 대해 미친 듯이 공부했다. 이 음악들은 주변의 부패로부터 효과적으로 나를 차단해 주었다.

내가 사고를 당한 이후, 그 시기에 일어났던 한 가지 사건이 불현듯 선명하게 떠올랐다. 그것은 수학 선생 모르타가 불의의 자동차 사고로 죽은 사건이었다. 그는 견인차에 의해 치었는데, 그를 공격한 차가 그의 몸을 끌고 20미터 가까이나 더 달려갔다는 식으로 소문이 부풀려지며 걷잡을 수 없이 퍼져 나갔다. 왜인지는 알 수 없지만, 온몸이 마비되어 침상에 길게 누운 잠자리에서 불현듯 오래 전의 그 사건이 기억이 사진처럼 떠올랐다.

파란만장했던 코르시카 횡단 여행

나의 부모는 12미터 크기의 배를 한 척 구입했다. 당시 내 나이 열 살 무렵이었을 것이다. 아버지와 어머니는 자연의 힘을 두려워하는 우리에게 용기와 도전정신을 심어 주기 위해 코르시카까지 먼 거리를 횡단하기로 결정했다.

어느 여름날, 코르시카 횡단 여행은 강한 북동풍과 함께 바야흐로 시작되었다. 하얗게 변한 바다는 배의 벌어진 선미에 거칠게 부딪친 다음 갑판 위로 적군처럼 몰려들었다. 아버지는 거센 폭풍우 속에서 삼각돛의 도움을 받아 가까스로 항로를 유지할 수 있었다. 배가 칼비에 닿았을 때에야 비로소 나는 지독한 뱃멀미를 딛고 겨우 선창에서 일어설 수 있었다. 그리고 우리 일가족 모두가 고통 받아야 했던 끔찍한 장독(내장에 독이 쌓여서 대변 후에 검은 자주색의 피가 나오는 병)에서도 해방될 수 있었다.

우리는 배를 부두에 바싹 붙이기 위해 아버지를 도와 분주히 움직였다. 그러자 그곳에 있던 사람들이 하나둘 모여들더니 우리가 하는 양을 조용히 지켜보고 있었다. 아버지는 그들에게 배를 부두에 댈 수 있게 도와달라고 간청했고, 그들 중 몇 사람이 팔을 걷어 부치더니 우리 일을 거들기 시작했다. 우리는 그렇게, 오랜 항해 끝에 부두에 닿을 수 있었다.

해를 거듭할수록 우리의 여행 거리는 기하급수적으로 늘어났다. 우리는 온 코르시카를 헤매고 다녔고, 사르디니아와 나폴레옹이 유배되었던 이탈리아 연안의 엘바 섬과 장트 섬을 지나 이오니아 해까지 거침없이 여행했다.

그곳에서 우리는 베니스를 위해 용병으로 참전한 우리 조상의 무덤들과 무리지어 있는 50여 개의 무덤도 발견했다.

우리 가문의 이 계파는 터키의 대대적인 공격으로 인해 차츰 대가 끊기기 시작했다. 우리 가문과는 어떠한 혈연관계도 없는 한 묘지 관리인이 이곳의 많은 무덤들을 세밀히 관리하고 있었다.

우리는 그 묘지들에 잠시 머물렀고, 그곳에서 우리 가문의 두 세기가 연속해 지나가는 것을 목격할 수 있었다. 그 모든 주검들의 삶들은 비석에 새겨진 이름과 날짜로 간략히 요약되어 있었다. 몇 개의 비석에는 "용감하게 잠든 한 족장을 상상한다"라는 식으로 비교적 긴 비문(碑文)이 적혀 있었다. 그리고 다른 비석들에는 그보다 훨씬 짧은 비문이 적혀 있었다. 그런 비석들은 대부분 어린 나이에 죽은 아이들의 것이라고 했다. 나는 이 특별한 방문을 통해 기나긴 시간의 흐름을 따라 몇 대나 거슬러 올라가며 행진하고 있는 것 같은 묘한 느낌을 받았다.

4년 후, 아버지는 좀 더 큰 배를 장만했다. 유리 섬유로 제작된 17미터짜리 화려한 배는 두 개의 돛대와 두 개의 선실을 갖추고 있었다. 그 배는 대단히 먼 거리를 거침없이 항해하며 선명한 물거품의 궤적을 만들어 냈다. 우리는 로셸에서 출발하여 지브롤터를 지나고, 유럽 대륙을 천천히 우회한 뒤 다시금 지중해로 깊이 들어갔다. 그런 다음 그곳에서 최종적으로 포르투갈로 돌아가기 위해 일단 터키를 중간 기착지로 삼아 항해했다.

이런 길고 험난한 항해는 우리처럼 감수성이 예민한 소년들에게 강렬한 인상을 남기고 커다란 영향을 주는 법이다. 그 여정 속에서 우리는 아버지가 가진 절대적인 권위와 존재감을 새삼 절실히 확인하는 계기가 되었다. 그는 과감하게, 그러면서도 세심하게 배를 조종하는 동안 가끔 한 번씩 있는 대로 함성을 내지르곤 했다. 우리는 각자 자기 방식대로 행동했다. 얼굴이 납빛이 된 알랭은 자주 꿀 먹은 벙어리가 되어 있었다. 레니에는 대번에 감정이 폭발하여 우리에게 거기 꼼짝 말고 있으라고 소리치고는, 얼굴 가득 눈물범벅이 되곤 했다. 그 끔직한 고함소리에 놀라 잠시 몸을 떨고 난 다음 나는 정신을 차리고, 그러한 신체적 심리적 변화의 이유를 분석해 보려 애를 썼다. 성난 파도와 거센 바람이 배에 부딪치며 요란한 소리를 냈다. 그러다가 가끔 한 번씩 다급한 위험을 알리려는 듯 큰 소리를 내며 갑판 위로 물고기처럼 튀어오르기도 했다.

나는 이 여행을 통해 인간은 끊임없이 노력해야 한다는 것과 자연의 힘 앞에서 겸손해야 한다는 것 두 가지를 뼈저리게 배웠다. 또한 내 또래 아이들 누구도 배워 보지 못했을 항해 기술도 배웠다. 나는 이 횡단항해에 완전히 도취되어 있었다. 이제, 돛과 별들 아래에서 배의 노를 잡는 것보다 즐거운 일이란 이 세상에 아무것도 없을 것만 같았다. 하얀 물결의 덩어리들이 발광성 바다의 기둥들 사이에 있는 어둠속으로 휩쓸려 들어갔다. 물결은 묵직하게 배의 늑재(肋材: 선박의 늑골을 이루는 재료) 위로 갈라지면서 샴페인의 거품처럼 잦아들었다.

어느 여름, 우리에게 예기치 못한 재난이 닥쳤다. 우리는 그다음 날 다시 지브롤터에 갈 생각으로 일단 리스본을 떠났다. 새벽 3시 무렵, 거센 풍랑으로 바다는 움푹 들어갔지만 아직까지 그리 위험한 상황은 아니었다. 우리는 돛을 있는 대로 모두 펴고 항해를 계속했다. 레니에가 나침반을 보았다. 뱃머리는 물살을 갈랐고, 배는 최대한 안전을 기하며 전속력으로 물결 위를 나아갔다. 하지만 우리는 사나운 바다 위에서 완전히 길을 잃어버리고 말았다. 운이 사납게도,

연안의 등대 중 하나가 꺼져 있었던 것이다. 그 바람에 애초 레니에가 계산했던 등대에 착오가 생겼다. 그러고는 끔찍하게도 난파라니! 생 뱅상 곶 부근에서 우리는 배가 급정거할 때의 충격을 이기지 못하고 전부 밖으로 튕겨져 나갔다. 잠시 후 기적적으로 우리는 바위들 사이에 있는 모래사장 위로 내동댕이쳐져 있었다. 배 밖으로 튕겨져 나갈 때의 충격이 상당히 심했지만 크게 부상당한 사람은 없었다. 천만다행으로 배는 부서지지 않은 채 멈춰 있었다.

때마침 재빠르게 이른 아침의 안개 속에서 당나귀들을 몰고 일하러 나온 농부들이 우리를 돕기 위해 나타났다. 그들은 우선 배를 단단히 고정시킨 다음 주위에 모닥불을 피워 물에 흠뻑 젖은 우리가 몸을 녹이고 옷을 말릴 수 있도록 해 주었다.

우리는 마을까지 그 행렬을 따라갔다. 마을에서 그들은 손님을 대접할 자신들의 권한을 우리에게 상기시켜 주려고 애를 썼다. 우리는 배를 예인하는 데 걸린 이틀 남짓의 시간 동안 그들의 집에 머물러야 했다. 우리는 그들로부터 그 지역의 매우 특색 있는 융숭한 대접을 받았다.

다채롭고도 화려했던 인생 초년의 일들을 생각하면 나는 운이 참으로 좋은 아이였다는 것을 인정할 수밖에 없다. 나의 기질 중 몇몇은 분명 유전적으로 타고난 것임에 틀림없다. 신체적으로 나는 할아버지 조와 쏙 빼닮았다. 심지어 정신적인 면, 여성에 관한 취향까지도 부분적으로 물려받았다고들 부모님과 집안 어른들은 입을 모아 이야기하곤 했다.

또한 외할아버지 보귀에로부터 나는 미적 감각을, 그리고 멋을 부리는 방법과 권력을 행사하는 세밀한 방법까지 물려받았다. 내가 마리 테레사가 속한 LVMH 팀과 일할 때, 테레사 수녀의 오랜 비서와 신참 비서는 내가 할아버지를 쏙 빼닮았다고 회상하며 호들갑스럽게 이야기하곤 했다.

그라니 할머니로부터는 영적 유산을 물려받았다. 요컨대 청교도 정신과 미국인의 정신을 물려받은 것이다. 결혼할 때까지 개신교 신자였던 그녀는 종교의 엄격함과 자신의 육체에 대해 완전히 무관심한 태도를 견지하고 있었다.

2장

베아트리스와의 운명적인 만남

베아트리스와의 운명적인 만남

우리가 처음 만나던 날부터 모든 것이 시작되었다. 우리는 스무 살 동갑내기였다. 랭의 단과대학 강의에서였다. 우리 두 사람 모두 우연히 거기에 있었다. 그녀는 도지사였던 자신의 아버지를 따라왔기 때문이었고, 나는 부모가 외국인이 아니었기 때문이었다.

베아트리스와 나는 거의 날마다 만나 함께 공부했다. 랭 대학의 경제학부와 법학부는 양로원을 겸한 오래된 건물에 있었다. 입구 왼쪽으로는 노인들이 있었고, 오른쪽에는 학생들이 있었다. 그 중간에 예배당이 있었는데, 노인들 중 하나가 세상을 떠날 때마다 그곳은 검은 포장으로 덮여졌다. 그들은 아침마다 기분 전환이라도 하려는 듯 우리가 지나가는 것을 보며 자신들의 젊은 날을 회상하곤 했다. 하지만 우리 사이에는 엄청난 간극이 존재했다. 그들은 인생에 대해 더 이상 아무런 기대도 갖고 있지 않았고, 반대로 우리는 모든 것을 간절히 희망했으니까!

1969년 무렵, 이 단과대학은 극좌의 성향을 띠고 있었다. 그런 터라 나는 거의 날마다 강의를 듣지 않고 근처에 있는 작은 카페에서 대부분의 시간을 보내곤 했다. 그 카페는 알코올 중독에서 힘겹게 벗어난 주인과 검은 가발을 쓴 그의 아내가 운영하고 있었는데, 두 사람 모두 늘 장밋빛이 선명한 옷을 입고 있었다.

나는 가끔 한 번씩 농성하기 위해 대학에 갔고, 그때마다 총회에 결의된 사항을 속히 행동에 옮길 것을 요구했다. 시간은 변함없이 흘렀다. 나는 첫 해를 나름대로 바쁘게 보냈지만, 공부에는 늘 뒤처져 있었다.

어느 날, 키가 큰 금발 아가씨가 눈에 띄었다. 청바지와 몸에 꽉 끼는 스웨터를 입은 아름다운 외모의 그녀는 입에 담배를 물고 있었다. 다음 날 양로원에 기거하는 노인들이 입구에 여럿 모여 있었다. 학생들에게 뭔가 일이 벌어진 것이다.

나는 황급히 뜰로 들어섰다. 그 미녀는 흰 종이뭉치를 말아 손에 쥐고 있었고, 몇몇 친구들과 함께 건의문에 서명해 달라고 학생들에게 호소하고 있었다. 나는 그녀가 내뿜는 광채에 매혹되어 뭔가에 홀린 듯 그녀에게 다가갔다. 그녀는 파업 중지 청원서에 서명해 달라며 내게 종이를 내밀었다. 순간, 나는 얼굴을 붉히며 단 일 초의 망설임도 없이 서명했다. 기분이 좋아진 그녀는 내게 서명 받는 일을 도와주지 않겠느냐며 두루마리 하나를 건넸다. 이번에도 나는 두 말 없이 그녀의 말에 따랐다. 그 순간부터 우리는 늘 함께 지냈고, 나는 새롭게 존재하기 시작했다.

나는 베아트리스와 자주 논쟁을 벌였다. 그녀는 정치적인 선입견을 최대한 배제한 채 자신이 보기에 합리적인 것을 사안마다 다른 각도에서 변론했고, 그때까지 나의 관점에서는 매우 준엄하게만 보였던 수많은 가치들을 간단히 비웃었다. 그녀는 삶을 희극으로 인식하고 있었던 데 반해 나는 비극으로 인식하고 있었다. 우리는 가치관의 커다란 차이로 인해 자주 의견 대립을 빚었고 목청을 높여 가며 다투곤 했다. 하지만 저녁이 되면 그녀는 언제 그랬느냐는 듯 내 곁에서 나를 보호해 주려고 애를 썼다.

화려한 도지사 관저에서 그녀는 나를 자기 부모님에게 소개했다. 그 자리에서 나는 하마터면 모든 것을 망쳐 버릴 뻔했다. 그녀의 어머니, 그러니까 도지사의 부인은 프랑스식 정원에 머무르고 있었다. 근데 하필 그때 내 애완견 업사가 꼬리를 치며 따라가다가 그녀를 장미덩굴에 넘어지게 만들었다. 그러고도 모자라 녀석은 그녀의 얼굴을 신나게 핥아 대는 끔찍한 사건을 일으켰던 것이다. 그럼에도 불구하고 그녀는 관대하게도 내 애완견을 그 정원에서 계속 놀 수 있도록 허락해 주었다.

어느 호텔의 야간경비와 외판원으로서의 나의 활동들(백과사전과 랭, 트로이와 샬롱 지역 노동자들의 제복을 판매하기 위한)로 나는 거의 공부할 시간이 없었고, 업사를 돌볼 시간조차 없었다. 앞으로는 우리 모두 도청에서 주말을 보내게 될 것이었다.

그들은 골 장군의 방을 나를 위해 내주었다. 골 장군의 큰 침대는 그의 건장한 체구에 맞춰 제작되었으므로 무척이나 컸다. 베아트리스와 나는 매일 저녁 늦은 시간에 그 침대에서 만나곤 했다. 아침이면 그녀는 나를 위해 침대로 아침을 가져다주었다. 우리는 하루의 절반 이상을 그 침대에서 보내며 우리의 미래를 준비해 갔다. 우리는 시앙스 포 국립 행정학교에 응시하기로 결정했고 본격적으로 준비하기 시작했다.

나는 베아트리스와 함께 여름휴가를 보내기 위해 우리의 코르시카로 그녀를 데려갔다. 우리는 미혼인 상태로 동거했던 우리 세대 중 맨 처음 커플이었다. 그곳에서 우리는 간혹 잡목 숲에 고립되어 지내야 할 때가 있었다. 또한 우리는 카포 디 페노의 인적이 드문 드넓은 해변에서 모래사장의 포근함과 작은 숲 주변의 자연이 만들어내는 조그만 소음들 속에서 밤을 보내기도 했다. 그런 날들의 미세한 추억들이 언제나 내 가장 소중한 기억으로 간직되어 있다.

'키스 머신'이라는 별명을 얻게 된 이유

그녀는 키가 꽤나 큰 편이었다. 게다가 그녀의 독특한 헤어스타일과 우아한 자태는 유독 눈에 잘 띄었다. 적어도 내 눈에 비친 그녀의 얼굴은 완벽함 그 자체였고, 늘 삶의 기쁨과 지성미, 끝없는 활력으로 넘쳐났다. 그녀의 속눈썹과 눈썹은 늘 생글거리는 웃음을 짓고 있었다. 나는 그녀의 자태가 너무도 우아해 보이고 사랑스러워 보여 감동에 겨운 눈초리로 그녀를 오랫동안 바라보곤 했다. 그녀의 매력 포인트는 단순함과 세련됨에 있었다.

그녀의 부드러운 피부, 우월한 윗입술의 솜털과 아랫입술의 갈망, 완벽한 귓불, 어깨에서 시작하여 목으로 이어지는 움푹한 곳, 부드럽게 애무하면 금세 딱딱해지곤 하는 작고 단단한 가슴(특히 오른쪽 가슴), 이따금 내가 그 위에서 잠을 자곤 하는 부드러운 배, 우리가 서로를 포옹할 때면 나를 격려하고 자극해 주는 풍만한 엉덩이……. 우리가 격정적으로 사랑을 나눈 후에는 이내 부드럽게 잠에 빠지곤 하는 그녀의 목까지 나는 거슬러 올라갔다. 우리는 커다란 침대에서 실오라기 하나 걸치지 않은 알몸 상태로 서로를 꼭 껴안은 채 생활했다.

거리에서 나는 그녀와 늘 팔짱을 끼고 수시로 키스를 했다. 길을 지나가며 우리를 힐끗거리는 사람들에게 나는 이렇게 말하곤 했다.

"네, 얼마든지 보세요. 내 자랑스러운 여자 친구라고요!"

우리는 마음이 내킬 때마다 사람들의 시선을 전혀 의식하지 않고 서로를 껴안은 채 열정적으로 키스를 하곤 했다. 우리 가족은 우리를 '키스 머신'이라는 별명으로 부르길 좋아했다.

스무 살 무렵, 우리는 우리의 영원한 미래에 대해 진지하게 생각해 보았다. 머지않아 우리는 마흔 살이 되어 있을 것이다. 그녀가 마흔 살에 다리에 붕대를 친친 감고 병상에 누워 있다고 해도 우리의 사랑은 여전히 감미로울 것이다. 우리는 함께 독서를 하고, 음악을 즐겼다. 우리는 잠시도 서로에게서 떨어질 수 없었다.

내가 불의의 사고를 당한 이후, 그리고 그녀의 몸에 암세포가 번져 몸이 많이 쇠약해져 있을 때에도 우리는 사랑의 유희를 멈추지 않았다. 우리는 각자의 입술로 상대의 입술에 아낌없이 사랑을 나누어 주었다. 나는 사고를 당해 온몸이 마비된 이후에도 여전히 그녀와 온전히 하나가 되고 싶은 강렬한 욕망을 주체하지 못했다. 나는 그녀가 더욱 아름답고 성숙해졌음을 느끼고 있었다.

우리의 삶은 하나의 음악이었다. 랭의 초기 시절, 나는 어느 세공인의 혼잡한 창고와 피아노 한 대를 임대했다. 그녀와 나는 거기서 자주 만났다. 그것은 나의 쇼팽－슈만－슈베르트로 이어지는 낭만적인 시기였다. 그녀는 창고 한구석에 아무렇게나 놓여 있는 상자를 의자 삼아 자리를 잡고 앉았고, 나는 그녀에게 책을 읽어 주었다. 우리 두 사람만을 위한 작은 연주회에서 우리는 감동에 겨워 서로의 손을 꽉 잡았다. 슈베르트의 가곡을 연주하던 어느 날 저녁, 그녀가 팔꿈치로 나를 때렸다. 아마도 그녀는 내가 아름다운 여가수에게 정신이 팔려 있는 것으로 단정 짓고는 나를 저속하다고 생각하는 것 같았다.

우리가 상파뉴 지방에 살 때 그녀는 음악 수업을 들었다. 우리는 모차르트와 그 밖의 다른 많은 곡들을 하루도 빠지지 않고 듀엣으로 노래하곤 했다. 그녀가 간직한 신비로움은 무척이나 차분하면서도 바이브레이션 짙은 그녀의 노래 속에 숨어 있는 듯했다. 나는 나의 심연에서 그녀가 만들어 내는 감각적인 조화를 인지하곤 했다. 그리고 나는 그 리듬을 타고 호흡했다.

그녀는 내게 의미 있는 유일한 우주였다. 저녁이면 우리는 큰 침대에서 벌거벗은 채 머지않아 태어날 우리의 아이들에 대해 이야기 나누었고, 서로가 서로에게 사랑받고 있다는 확신을 품은 채 끊임없이 서로의 귀에 속삭였다. 이 커다란 침대는 우리가 세상을 두루 다니며 찾다가 이 땅에서 최종적으로 발견한 하나의 소중한 세계였다.

나는 열여덟 살 되던 해에 아버지에게서 받은 귀한 선물인 아름다운 오렌지색 자동차를 타고 베아트리스와 신나게 드라이브를 즐기곤 했다. 나는 불한당의 왕이었고, 그녀는 나의 아름다운 왕비였다.

어느 날 저녁, 우리는 파리의 랭으로 돌아갔다. 짙은 안개로 숨이 막힐 것만 같았다. 하지만 무슨 상관이랴, 베아트리스와 함께 있는데! 순간 나는 주위를 둘러보았다. 하지만 안개에 반사되는 불빛을 제외하고는 아무것도 보이지 않았다. 나는 그 속에서 간신히 기차역을 분간해 낼 수 있었다. '역전호텔' 간판이 눈에 들어왔다. 호텔 초인종을 누르다가 응답이 없자 나는 문을 쾅쾅 두드렸다. 베아트리스는 조금 부끄러워했다.

한참 후에야 까다롭게 생긴 여자가 나타나 왜 이렇게 시끄럽게 구느냐고, 좀 조용히 하라고 나를 나무랐다. 나는 하룻밤 묵어 갈 수 있게 방을 내달라고 요구했고, 얼마쯤 시간이 지난 뒤에야 샤랑트 풍의 검은 숄 차림을 한 중년 여인의 안내를 받을 수 있었다. 마루판이 요란하게 삐걱거렸다. 안내인이 나가고 방문이 완전히 닫힐 때까지 우리는 한마디도 하지 않았다. 베아트리스는 여전히 내게 찰싹 붙어 있었다. 우리는 서로 껴안은 채 머리맡 램프 불이 은은히 비추는 침대로 갔다. 갑자기 그녀가 믿기 어려울 만큼 요란하게 웃었다. 처음에 나는 그 이유를 알지 못했는데, 이내 침대의 낡은 판자들이 한쪽으로 기울어진 무거운 가구를 힘겹게 버티고 있는 모습이 우스꽝스러웠기 때문이라는 사실을 알게 되었다.

우리는 그 달콤한 밤 내내 낡은 판자가 삐걱거리는 시끄러운 소음 속에서 서로의 귀에 대고 감미롭게 속삭였다. 아침이 되어 식당으로 내려가자, 그 검은 숄을 두른 여자가 우리에게 근사한 밤을 보냈느냐고 물었다. 그러자 베아트리스의 광대뼈가 붉게 물들었다. 그녀는 뜨거운 크루아상을 입에 물고 얼굴에 미소를 띤 채 나를 계속 쳐다보았다.

정치학과 학생들은 2학기 말에는 연수를 받아야 했다. 그 무렵 우리는 간신히 약혼을 할 수 있었다. 우리를 위해 나의 장래의 장인은 델리에의 시장에게 부탁했다. 덕분에 우리는 켄터키의 루이빌이라는 자매결연 도시에서 연수의 기회를 얻을 수 있었다. 우리는 이 도시의 작은 은행 루이빌 트러스트코에 배정되었다.

도지사에게 환심을 사고 싶은 마음에 대학 측은 우리를 현지에 있는 어느 할머니의 화려한 저택에 머물 수 있도록 배려해 주었다. 여러 번 결혼과 이혼, 그리고 사별을 경험한 끝에 이젠 과부의 몸으로 혼자 살고 있는 그녀는 젊은 커플이 오자 몹시도 들떠 있었다. 그녀는 매우 정중하고 세심하게 우리를 맞아 주었다.

그녀는 우리의 모자를 깨끗한 천으로 닦아 준 다음 마치 사랑스런 손자 손녀라도 되는 듯 우리를 쓰다듬어 주었다. 우리의 방에서 그녀를 밖으로 내보내기란 거의 불가능에 가까웠다. 나는 그 할머니가 자신의 화려했던 옛날을 떠올리며 우리를 통해 그 시절을 되찾고자 여러 날 밤을 우리 문에 귀를 댄 채 보낼까 봐 자못 걱정스러웠다.

은행에서 베아트리스는 법률 부서에, 그리고 나는 자산 경영 부서에 배정되었다. 나는 산더미처럼 쌓인 업무 때문에 한동안 일에 파묻혀 지내야 했다. 두 시간에 한 번 꼴로 우리는 15분의 커피 타임을 가질 수 있었다. 우리는 승강기 안에서 급히 만나 짧은 시간 동안 서로를 열렬히 포옹했다. 우리의 그런 행동은 보수적인 청교도들이 많이 사는 남부의 미국인들에게는 적잖이 충격적인 일로 받아들여지는 듯했다. 문제는 우리의 그런 행동들로 인해 프랑스인에 대해 미국인들이 갖고 있는 고정관념을 강화시켜 준다는 것이었다. 어쨌든 그곳에서 우리는 '프랑스 연인'으로 불렸다.

우리는 어떤 상황에서도 우리가 사랑하는 방식을 결코 포기하려 하지 않았다. 거리에서도 우리의 사랑의 유희는 계속되었다. 그 바람에 우리는 자주 자동차의 급브레이크 소리에 놀라야 했고, 클랙슨이 반복해서 울릴 때마다 순간 깜짝 놀랐다가 곧 웃음을 터뜨리곤 했다.

우리의 하숙집 여주인은 바비큐 파티를 마련하고, 풀장 주위로 루이빌 사람들을 모이게 했다. 자기 집에 하숙하는 귀족 계급의 연인들인 우리를 그들에게 소개하기 위해서였다. 우리는 집도 없고 걱정거리도 없는, 그저 서로를 뜨겁게 사랑하는 젊은 남녀일 뿐이었다. 우리가 나란히 있을 수 있는 한 모든 것이 더 할 나위 없이 좋았다.

사고를 당한 후 한동안 나는 침대에 누워 지내야 했다. 그녀는 내 어깨의 견갑골의 움푹한 곳에 얼굴을 묻고, 자신의 다리와 팔을 어디에 두어야 할지 내게 물었다. 나는 그녀의 몸의 위치를 상상했다. 그렇게 오랜 시간 동안 나는 그녀를 애무할 수도, 사랑할 수도 없어서 너무도 괴롭고 참담했다.

사고 이후 나의 밤은 그녀가 내 옆에 쪼그리고 앉은 채 보내는 시간이 대부분이었다. 그러나 그녀는 그런 자신의 신세를 한 번도 한탄한 적이 없었다. 그런 우리의 절망적인 상황이 날마다 그녀를 약하게 만들고 마음을 괴롭게 했을 텐데도 말이다. 나는 욱신거림을 겪는 사지 마비로 매순간 신음해야 했다. 우리는 함께 있는 밤마다 상상 속에서 사고를 당하기 전까지 그래 왔던 것처럼 마음껏 사랑을 나누었다. 우리는 그렇게 현실에서 도망치고 있었다.

끝없는 임신 실패

우리는 첫 아이를 기다리고 있었다. 벌써 4개월쯤 전부터 베아트리스에게는 심한 출혈이 있었다. 나는 더 이상 병원에 있던 시간들에 대해 세밀히 기억하지 못한다. 지금은 그 모든 것들이 혼란스럽기만 하다.

나는 젊은 교수를 다시 만났다. 그의 이름은 파리앙트, 아직까지도 그에 대한 기억은 꽤나 또렷한 편이다. 그는 매우 친절하게, 다음 아이에 대해서는 걱정할 필요가 없다고 우리에게 말해 주었다. 나는 베아트리스가 누워 있는 침상 머리맡에서 조용히 흐느껴 울고 있었다. 진정 그녀의 고통 때문에 내가 울었던 것일까? 그녀가 오히려 나를 위로해 주었다. 당시 우리는 프르트 로를레앙에 있는 어느 임대 아파트에 지내고 있었다. 베아트리스는 다시 학생 신분으로 돌아와 열정적으로 생활하고 있었다.

베아트리스는 두 번째 임신을 했고, 출혈은 세 달째 되던 무렵부터 다시 시작되었다. 결국 두 번째 임신도 실패였다. 그들은 병 속의 태아를 내게 건네며 데려가라고 했다. 나는 왜 블로뉴 숲 한가운데에 실험실이 있었다는 기억을 아직까지도 떨쳐 내지 못하는 걸까? 나는 어느 작은 건물 안으로 들어갔다. 흰 가운을 입은 여자가 나를 맞이했다. 나는 작은 플라스크 병을 카운터에 올려놓았다. 그녀는 별로 놀라는 것 같지 않았다. 미친 듯이 나는 밖으로 나와 버렸다.

그들은 우리를 상대로 온갖 분석과 실험을 하기 시작했다. 그들은 특별 실험실에서 정액 검사를 받으라고 내게 말했다. 한 간호사는 내게 빈 튜브를 내밀며, 저쪽에 보이는 문을 가리켰다. 나는 거기서 의사를 만나게 될 것이라 생각하면서 그쪽으로 갔다. 한데, 그곳은 화장실이었다. 거기에는 포르노 잡지가 비치돼 있었다. 묘한 수치심을 느끼고 난 뒤에야 겨우 의무를 완수한 나는 실험용 플라스크를 간호사에게 돌려주었다. 실험과 분석 결과 다행히도 별다른 이상은 없는 것으로 밝혀졌다.

어쨌든 우리는 성공적으로 정치학교 시험을 통과한 뒤 국립 행정학교(ENA) 입학시험을 준비하기로 했다. 베아트리스는 스물한 살되던 해 3월 즈음 세 번째 임신을 했다. 이번에는 임신이 잘 진전되었다. 두 번의 참담한 실패를 경험한 우리는 어떻게든 아기를 살려야 한다는 결의를 다졌다.

한데 이번에도 문제가 있었다. 베아트리스에게는 색전증이 있었다. 그녀는 버티고 버텼으나 이번에도 태아를 만져 보지 못하게 될 공산이 컸다. 그녀는 자신의 목숨과 맞바꿔서라도 아기를 지키고 싶어 했다. 방법이 전혀 없는 것은 아니었다. 즉, 혈전 방지제를 사용하면 가능하다고 했다. 하지만 혈전 방지제를 사용할 경우 자칫 기형을 일으킬 위험성이 있다며 병원장은 그 방법을 단념할 것을 강권했다.

며칠 동안 베아트리스와 병원장 두 사람 사이에 고성 섞인 논쟁이 이어지며 복도에까지 큰 소리가 들려오곤 했다. 결국 베아트리스는 뜻을 이루지 못했다. 그 일이 있고 난 뒤 베아트리스는 눈에 띄게 의기소침해졌다. 결국 그녀가 자리에서 일어날 수 있게 되었을 때 그제야 그녀는 자신이 병원장보다 더 키가 크다는 사실을 알았다.

나는 국립 행정학교 입학 준비를 포기했다. 정치·경제의 필요성, 최근의 통계들, 외부의 일상들에 대해서도 당분간 잊고 싶었다. 얼마간 시간이 흐른 뒤 나는 그곳에 있는 대학의 역사 분야 학사 과정에 등록했다. 나는 베아트리스와 함께 아라비아의 초기 항해자들의 삶을 공유하고자 했고, 13세기와 14세기 인도양의 역사에 대해 그녀에게 이야기해 주었다. 우리는 이븐 바투타에 대해 알고 있었지만, 프랑스 왕들의 연대기에 대해서는 잘 모르고 있었다.

나는 무난히 학위를 딸 수 있었지만, 우리는 이번에도 아이를 만나지는 못했다. 네 번째로 아기를 가진 지 7개월째였다. 이번에는 베아트리스의 고혈압이 주요 원인이었다. 우리는 그녀의 뱃속에서 뭔가가 움직이는 것 같다고 느꼈다. 어쩌면, 아이일 수도 있었다. 그러나 태아는 움직이지 않았다.

그다음 달, 우리는 자주 악몽에 시달렸다. 베아트리스가 자연스럽게 유산할 수 있도록 돕기 위해 태아는 최대한 작아져야 했다. 담당 의사는 그녀에게 오래 걸으라고 권했다.

나는 늘 그녀와 함께했다. 그녀는 너무도 피곤에 지친 나머지 자주 멍한 얼굴이 돼 있곤 했다. 그럴 때 그녀는 아무 말도 하지 않으려 했고, 자신의 어두운 얼굴을 누구에게도 들키고 싶지 않아 선글라스를 썼다. 그녀는 사람들과 만나는 것도 가급적 피하고 싶어 했다. 저녁이면 나는 오랫동안 그녀의 관자놀이를 어루만져 주었다. 그럴 때면 그녀는 기력이 다할 때까지 울고 또 울었다. 그러다가 가끔씩 그녀는 감정을 미처 추스르지 못해 있는 대로 고함을 지르기도 했다.

어느 날 저녁을 먹고 나서 그녀의 진통이 시작되었다. 우리는 병원으로 급히 달려갔다. 베아트리스는 뱃속의 아이가 영원히 우리 곁을 떠났다고 담담히 말했다. 우리가 할 수 있는 일이라고는 아무것도 없었다. 몇 시간의 진통이 있고 난 뒤 기쁨을 느끼는 산모들과 동일한 조치를 취하는 것 외에는 달리 우리가 할 수 있는 게 아무것도 없었다. 지독한 슬픔 속에서 배를 절개해야 하는 시간만이 우리에게 남아 있었던 것이다.

그녀는 나를 바라보았고, 나도 그녀를 바라보았다. 나는 그녀에게 용기를 내라고 말했다. 그녀는 내가 보는 것을 원하지 않았다. 그녀는 간호사에게 시트를 달라고 했다. 우리 두 사람의 머리가 서로 가까이 있다가 떨어졌다. 끝도 없을 것만 같이 이어지는 고통스러운 울부짖음이 있고 난 뒤에야 베아트리스의 몸의 긴장 상태가 조금 완화되었다. 몸과 마음의 고통들이 하나로 결합되었다. 눈물이 가득 고인 그녀의 눈이 조용히 감겼다.

우리에게는 울음을 터뜨릴 시간조차 주어지지 않았다. 어떤 사람이 무표정한 얼굴로 자기소개도 하지 않은 채 불쑥 병실로 들어왔다.

"죽은 사람의 이름이 어떻게 됩니까?"

베아트리스는 너무도 기가 막혀 아무 말도 하지 못했다. 나는 급히 불청객을 끌고 복도로 나갔다. 비록 죽어서 나왔다고 해도 7개월 넘어 태어난 아이는 호적부에 올려야만 한다고 그가 내게 이야기했다. 나는 말도 안 되는 그의 모든 질문들에 고분고분 대답해 주고 난 뒤 그가 요구하는 여러 가지 복잡한 서류들에 일일이 서명을 했다. 그러자 그는 흡족해했다. 나는 복도에서 한참 동안 혼자 울고 난 뒤 베아트리스의 옆으로 태연한 척 돌아왔다. 그녀의 괴로움을 조금이라도 덜어 주고 싶은 마음에 나는 웃는 얼굴로 조용히 이런저런 이야기를 들려주었다. 그녀는 마침내 잠이 들었다. 나는 그녀의 옆에 놓인 낡은 의자에 그대로 앉아 있었다. 그녀가 오열할 때 나는 그녀의 이마에 손을 얹고 부드럽게 속삭였다.

다음 날 밤 그녀의 몸에 새로운 혈전이 생겨 그녀는 다시 소생실로 옮겨져야 했다. 나는 잠시 그대로 곁에 머물러 있다가 그녀 쪽으로 얼굴을 돌렸다. 여러 가지 소리들, 빛, 어렴풋이 들려오는 대화, 오지 않는 아침을 기다리며 진력나게 하는 밤을 우리는 그렇게 하얗게 꼬박 세웠다. 여전히 나는 그녀의 손을 꽉 잡고 있었다.

우리는 새로운 삶의 시작을 위해 미국으로 떠났다. 누군가 내게 훌륭한 산부인과 의사를 소개해 주었다. 그 유능한 전문의가 우리의 다섯 번째 아이의 출산을 위해 꼼꼼히 준비하고 있었다. 그는 무척이나 온화하고 친절한 사람이었다. 우리는 그곳에서 편안한 장소, 충분히 보호받는 곳에 있다는 환상을 품었다. 그러나 그런 반가움에도 불구하고 임신은 4개월간만 지속되었을 뿐이었다.

베아트리스는 두 번에 걸쳐 폐 혈전을 용해시키는 치료를 받아야 했다. 그녀는 눈에 띄게 침울해졌다. 오직 눈빛만 살아 있을 뿐이었다. 그녀와 나는 마르티니그로 갔다. 비행기에서 내리자마자 우리는 충분한 양의 식량을 마련한 뒤 배를 임대하여 여행을 떠났다.

베아트리스는 긴 의자 위에 누웠다. 세찬 비가 내릴 때 그녀는 웃음을 터뜨렸고, 배가 심하게 기울자 기쁘게 소리를 질렀다. 우리는 바다 한가운데에 멈춰 섰다. 베아트리스는 여러 시간 동안 물속에 몸을 담그고 있었다. 우리는 긴 항해 중 딱 한 번 지나가는 배를 만났을 뿐 망망대해 한가운데에 외로이 떠 있었다. 그녀는 입고 있던 옷을 모두 훌훌 벗어 던지고 춤을 추기 시작했다. 바다 여행을 떠난

지 며칠 만에 그녀는 몸을 추슬렀고 혈색도 정상으로 돌아왔다. 우리는 즐거운 여행을 뒤로 하고 다시 일상으로 돌아왔다. 그녀의 눈은 예전처럼 다시 생글거렸지만, 여행을 다녀온 뒤 나는 베아트리스가 나와의 성 관계에 자신을 가질 때만 삽입을 시도했다.

이 분야에서 탁월한 실력을 인정받는 미국인 의사는 유일한 해결책은 다시 시작하는 길밖에 없다고 우리를 꾸준히 설득했다. 그로부터 1년 후, 우리는 다시 아이를 가지려 시도해 보았지만 태아는 이번에도 임신 7개월째에 죽고 말았다. 베아트리스는 이번에도 만약 실패한다면 아이 낳는 일을 포기하고 입양하기로 나와 약속했었다. 가급적 5세 미만으로……. 우리는 입양의 문을 열게 해 줄 긍정적인 의견을 얻어 사전에 합의를 본 다음 그쪽 부모의 동의를 얻는 일에 착수했다. 우리는 어쩌면 보고타의 종교 기관이 이제까지 결코 받아 본 적 없었던 가장 멋진 입양 서류를 작성하게 될지 모른다는 희망을 품었다.

한 의사가 우리의 건강 검진서 작성에 들어갔다. 한데, 그는 우리가 제출한 서류 중 베아트리스의 혈청 실험 결과에 뭔가 문제가 있다는 것을 발견했다. 그는 정밀한 분석을 위해 그것을 앰뷸런스를 이용해 쿡 카운티의 병원으로 보냈다. 그 병은 당시 경황이 없어 내가 미처 메모해 두지 못한 까닭에 정확히는 기억할 수 없는 어떤 야만스러운 이름을 갖고 있었다. 말하자면 그것은 뼈와 관련된 일종의 골수암이었다. 그 병은 나이든 사람들, 그것도 남성들에게서 자주 발견된다고 했다. 병원장이 알기로는 미국에서 베아트리스처럼 젊은 여자에게서 그 병이 발병하는 경우는 1퍼센트가 채 안 된다고 했다.

"이미 진행되었군요."

정밀 검사 결과, 적혈구성 암이라고 했다. 헤모글로빈이 피가 응고되는 만큼의 속도와 강도로 진행되고 있었다. 의사의 말로는 가장 흔한 사망 원인이 폐의 혈전이나 뇌의 혈전으로 인한 경우라고 했다. 따라서 적혈구를 없애기 위해 화학 요법을 써야 한다는 것이었다.

나는 완전 얼이 빠져 버렸다. 그들은 내게 암 치료 방법에 대해 차근차근 설명했다. 그녀는 최근에 겪은 유산으로 인해 기진맥진해 있는 상태였다. 달빛도 별빛도 하나 없이 한 치 앞도 보이지 않을 정도로 깜깜한 그믐밤처럼 모든 것이 캄캄하고 막막하기만 했다.

우리 삶에 경이로움을 선물한 딸 래티티아

베아트리스의 암 진단 소식을 듣고 고통과 번민 속에서 허우적거리고 있을 때 갑자기 전화벨이 요란하게 울렸다. 보고타에서 우리의 입양을 기다리고 있는 여자 아기가 있다는 소식을 전하기 위해 보고타에서 걸려 온 전화였다. 그 전화를 받고 베아트리스는 시카고에 있는 어느 프랑스 식당의 식탁에 털썩 엎드린 채 한참 동안 오열했다. 애타게 기다리던 소식을 마침내 듣게 되어 기뻤기 때문이기도 하지만 그동안 임신과 유산을 반복해 겪으며 감내해 내야 했던 고통과 슬픔이 그만큼 컸기 때문일 것이다. 얼마나 오래 울었던지, 그녀는 새로 세수를 하고 얼굴 화장을 고쳐야 했다.

아이와의 만남을 약속한 날이 다가왔다. 우리는 아이를 데려오기 위해 보고타로 갔고, 거기서 베아트리스는 래티티아를 내 품에 안겨 주었다. 생후 2~3개월 정도 된 아주 예쁜 얼굴의 아기가 무척이나 놀란 눈빛으로, 아니 어쩌면 불안한 눈빛으로 나를 물끄러미 바라보고 있었다. 나는 래티티아로 인해 희망을 되찾게 되었다. 베아트리스는 아기를 내려다보며 내 어깨에 기댄 채 오래오래 기뻐했다. 우리는 그렇게 다시 삶을 이어 나갔다.

래티티아는 우리에게 그야말로 경이로움 그 자체였다. 래티티아가 우리 집에 온 후 베아트리스는 우리가 예전에 즐겼던 사랑의 행위를 다시 좋아하게 되었다. 나는 래티티아로 인해 한동안 죽어 있던 그녀의 몸에서 다시금 열기를 되찾을 수 있었다.

나는 미국 대형 제약 그룹의 프랑스 자회사 재정 책임자로 발령받았다. 우리가 프랑스로 돌아온 것은 이곳을 떠난 지 거의 5년여 만이었다. 나는 대저택에 가족을 정착시켰다. 베아트리스도 일상생활로 돌아왔고, 래티티아는 시간이 지날수록 점점 더 아름다워졌다.

나는 내가 모실 젊은 사장, 지금은 절친한 친구가 된 앙드레와 함께 최대한 일에 집중했다. 미국에서의 수입에 비해 절반 정도밖에 벌지 못했지만 그런 것은 아무런 문제도 되지 않았다. 이 얼마나 감사할 일인가! 앙드레는 주말에 우리 집에 들를 때마다 래티티아를 위한 선물을 빼놓지 않고 가져왔다.

서른 살의 베아트리스는 행복감에 젖어 있었다.

괴물 같은 병마와 싸우는 베아트리스

우리는 자동차로 생 제르베로 돌아갔다. 그런데 그때부터 베아트리스는 피곤해하기 시작했다. 그녀는 시트에 길게 누웠다. 그녀의 눈이 퀭해졌다. 그녀는 한참 동안 숨을 헐떡이다가 겨우 잠이 들었다. 자동차가 급커브를 돌 때 그녀의 머리가 심하게 흔들렸다. 나는 최대한 조심해 가며 멈추지 않고 그대로 파리까지 운전을 했다. 우리는 함께 집에 도착했다. 나는 베아트리스를 조용히 흔들어 깨웠다. 잠에서 깬 그녀의 눈은 여전히 움푹 들어가 있고 시선은 멍한 상태였다. 그녀는 계단 손잡이를 잡고 힘겹게 층계를 올라가 침대에 누웠다. 밤이 길게 이어졌고, 나는 편안히 잠들지 못하는 그녀를 물끄러미 바라보았다.

그다음 날 아침 우리는 심장병 전문의에게 진찰을 받기로 결정했다. 전문의는 폐혈전으로 진단을 내리고, 그녀를 당장 입원시키라고 했다. 급한 대로 심장병 소생실에 그녀를 위한 자리가 마련되었다. 다행스럽게도 우리의 담당 의사가 자신의 조카가 병원장으로 있는 병원을 소개해 주었다.

생 앙투안 병원, 우리가 그 의사를 까맣게 잊고 있었다니! 우리는 습관처럼 무슨 일에든 아무렇지 않은 듯, 장난스럽게 말하려고 애를 썼다. 그렇게, 우리는 각자 자신의 역할에 충실했고 그것을 최대한 즐겼다. 어떤 상황에서도 즉시 울지 않기……. 이것은 우리의 으뜸가는 멋진 교육이었다.

우리는 늘 친절한 간호사에게 자주 감사를 전했다. 그리고 우리 서로에게도 일상적으로 감사를 표했다. 우리는 이미 래티티아를 통해 감사의 효과를 충분히 체험한 바 있으니까!

우리는 드디어 그 병원에 도착했다. 병원장이 베아트리스 앞으로 의자를 밀며 앉을 것을 정중히 권했다. 의사와의 면담이 끝난 뒤 그녀는 입원 절차를 밟았다. 그녀는 이제 다시금 이중의 포로가 된 셈이었다. 이를테면 그녀는 자기 몸의 포로이면서, 동시에 병원 규칙의 포로였다. 그녀는 환자복을 입어야 했다. 그것은 한마디로 그녀에게 '흰색 구속복'이었다.

이제, 모든 준비가 완료되었다. 자살을 미연에 방지하기 위해 창문은 자물쇠로 굳게 잠겨 있었고, 전화 사용이나 텔레비전 시청도 금지되었다. 병실 전체가 무채색에 가까웠다. 외부 손님을 위한 방문 시간도 따로 배정돼 있지 않았다. 하지만 나는 그 어느 것도 준수하지 않았다. 그러자 병원 측은 나를 설득하고 타협해 보려 무진장 애를 썼다. 하지만 아무도 나를 막을 수 없었다. 황소 같은 나의 고집과 무대포에 그들은 급기야 두 손 두 발 다 들고 만 셈이었다.

첫날 저녁 그녀에게서 떠나야 할 시간이 되어 나는 병원에서 허용하는 물건들의 리스트를 가져갔다. 그러고는 베아트리스를 안심시켰다. 나는 이제 곧 그녀의 부모와 나의 부모들에게 입원 소식을 알릴 것이고, 어느덧 두 살이 넘은 사랑하는 우리의 딸 래티티아를 안고 병원으로 돌아올 것이라고 말했다.

의사들이 수시로 베아트리스를 진찰했고, 혈전 상태를 체크했다. 그들은 베아트리스를 언제나 빛이 들어오는 유리가 있는 방에서 생활하게 했다. 그러고는 빨간색 불이 점멸하는 심장 모니터를 그녀의 몸에 연결시켰다. 그러자 그녀의 심장이 박동하는 상태가 모니터에 나타나기 시작했다. 그들은 그녀에게 약을 먹인 다음 팔에 정맥 주사를 놓아 주었다.

네온 불빛 아래에 비친 그녀의 피부에는 생기라곤 찾아보기 어려울 정도로 창백했다. 그녀는 꼼짝도 하지 않고 자리에 누워 있었다. 눈물이 그녀의 얼굴을 타고 침대 위로 흘러내리고 있었다.

진찰 결과, 베아트리스는 폐혈전으로 인해 모두 여섯 곳이 막혀 있다고 했다. 의사가 그중 한 곳을 뚫었다. 그녀의 얼굴에는 어두운 그

늘만이 짙게 자리하고 있었다. 그녀의 고독을 나는 온전히 이해할 수는 없었고, 뭐라고 위로해 줘야 할지도 몰랐다. 깊은 고뇌와 번민이 내 마음을 무겁게 짓눌렀다.

나는 매일 아침 11시경에 그녀에게 갔다. 그래도 그녀는 나를 볼 때마다 화들짝 놀라며 기뻐해 주었다. 한 시간 남짓 나는 그곳에 머무르다가 정오 무렵이 되면 조용히 병실을 빠져나와야 했다.

나는 생 앙투안 거리로 갔다. 그곳에 오래된 식당을 하나 알아 두었다. 그곳에는 몸집이 큰 여주인이 음식을 요리하고 있었다. 알코올 중독으로 얼굴이 퀭해진 그녀의 남편은 닭처럼 팔꿈치와 어깨를 흔들며 스쳐 가면서도 내겐 말 한마디 걸지 않았다. 나는 언제나 같은 테이블에 앉았다. 여주인은 내게 그날의 앙트레(전식)와 특별요리를 내왔다. 무더위로 인해 마치 온몸이 마비되는 듯 힘이 들었지만 맛있는 음식을 보자 비로소 기운이 나고 기분도 조금 좋아지는 것 같았다.

오후에 나는 병원으로 가서 베아트리스의 외출을 허락받았다. 사람들로 분주한 거리, 허름한 그 식당, 정겨운 음식 냄새, 다채로운 식단 등을 그녀에게 하나하나 세밀히 알려 주었다. 그것은 아마도 내게 일 년 내내 진행되는 하나의 의식이 될 것이었다. 그녀가 몇 달간 침대 신세를 진 후 외출할 수 있었던 것은 딱 한 번이었다. 그녀는 여전히 아름다웠지만 무척이나 창백했다. 그녀는 차에서 내려 식당까지 얼마 되지 않는 거리를 나의 부축을 받으면서도 굉장히 힘겹게 걸었다. 입원 후 첫 외출에서 돌아온 뒤 나는 그 사이 일이 많이 밀려 있던 탓에 서둘러 사무실로 가야 했다. 주말에도 쉬지 못하고 나는 꼬박 며칠 동안 이리저리 자리를 옮겨 가며 매일 10시간 넘게 일을 해야 했다.

담당 의사 슬라마 교수는 클립 캬브(핏덩이들이 올라오는 것을 피하기 위해 낮은 대정맥 위에 설치하는 필터)의 설치가 절대적으로 필요하다고 판단했다. 치명적이고 불길한 수술이 연속적으로 이루어짐에 따라 자칫 몸을 허약하게 할 가능성이 있을 것으로 간주되는 혈전의 위험 부담을 안은 채 우리는 외과 수술을 선택했다. 그들은 베아트리스에게 가슴 수술은 작은 자국만 남기게 될 것이라고 안심시킨 뒤 수술을 하기로 결정했다. 앞으로 그녀는 수영할 때 다시는 비키니를 입지 못할 것이다. 그 흉터는 가슴뼈의 한가운데서 시작되어 넓은 곡선을 그리며 오른쪽 엉덩이 아래까지 내려갔다. 그녀는 죽을 때까지 그 커다랗고 선명한 바이올렛색 선을 갖게 될 것이다. 그녀에게는 그 이야기를 숨긴 채 나 혼자만의 비밀로 간직해야 할 것이다.

손에 땀을 쥐게 하는 기나긴 외과 수술을 끝내고 돌아왔을 때 그녀는 조용히 눈을 감고 있었다. 나는 그녀의 손을 가만히 잡아 주었다. 긴 고통의 터널을 지나 우리는 승리를 쟁취했다.

래티티아는 이제 네 살이 되었다. 우리는 사촌들과 함께 코르시카에서 돛단배를 타고 놀며 휴가를 보냈다. 화학 요법으로 인해 생긴 6개의 약포로 인해 우리는 베아트리스가 환자라는 사실을 한 번씩 상기하게 되긴 했지만 그렇다고 전과 특별히 달라진 것은 없었다. 베아트리스는 래티티아와 함께 개구리헤엄을 쳤다. 두 사람 모두 서로를 부둥켜안은 채 맘껏 웃어 제꼈다. 그녀의 얼굴은 다시금 예전의 그 아름다움으로 빛이 났다.

베아트리스가 얕은 바다에서 헤엄치며 놀다가 그만 실수로 바위에 긁혀 상처를 입었다. 그녀는 작은 비명 소리를 내더니 바위에 긁힌 상처를 씻어 내기 위해 내 배 위로 올라왔다. 그 상처는 죽을 때까지 아물지 않을 것이다.

베아트리스의 암은 시나브로 악화되고 있었다. 설상가상으로 궤양은 오른쪽에서 시작되어 이미 왼쪽까지 전이되어 있었다. 우리는 그녀의 암 때문에 몹시 걱정스러웠다. 그렇긴 하지만 그녀가 정작 투병 기간 내내 극도로 불안에 빠지곤 했던 것은 암보다도 그 끔찍한 궤양 때문이었다.

그녀는 특별 치료차 연중 평균 절반 이상의 시간을 파리에 있는 병원에서 생활해야 했다. 그런 암담한 상황에서도 그녀는 나와 래티티아의 마음을 즐겁게 해 주기 위해 늘 밝은 웃음을 잃지 않으려고 애썼다. 나는 우리가 답신을 보내야 할 우편물들과 래티티아의 목소리를 녹음한 카세트테이프를 그녀에게 가져다주었다.

베아트리스의 어머니는 사실 의사였다. 그런 까닭에 그녀의 어머니는 궤양 치료를 위한 교수들의 온갖 끔찍한 시도들에 분개하곤 했다. 그녀는 그것이야말로 '진정한 학살'이라며 목소리를 높였다. 그 이야기를 들으며 베아트리스는 또다시 울었다. 슬퍼서가 아니었다. 고통 때문에 그녀는 울었다.

피어싱제 교수는 결국 베아트리스의 고통에 종지부를 찍었다. 그는 정기적으로 우리 집을 방문해 그녀를 치료해 주었다. 그러면서 그는 우리에게 전통적인 치료법을 재차 권했다. 그가 권유한 전통요법이란 죽어 가는 세포를 회복시키기 위해 종양들이 스스로 터질 때까지 지속적으로 상처들을 건드리는 방식이었다. 아침저녁으로 그가 베아트리스를 치료하는 동안 나는 그 방에 머물러 있었다. 하지만 그녀의 살갗을 헤집는 그 메스들을 차마 똑바로 쳐다볼 용기가 나지 않았다. 나는 눈물이 말라붙은 그녀의 얼굴에 내 얼굴을 가만히 갖다 대었다.

의사가 그녀를 거칠게 수술하는 동안 그녀는 몇 번이나 나를 피가 나도록 물어뜯곤 했던가! 하지만 잠시 후면 그녀는 그 고통스런 과정을 까맣게 잊곤 했다. 아무튼 끈기 있는 치료 끝에 피어싱제 교수는 베아트리스에게 생명을 돌려주었다. 그 후 나는 그녀를 힘겹게 보호해야 했다.

아름다운 상파뉴에서의
행복한 나날들

모에와 샹동 그룹이 상파뉴의 보수가 많은 자리를 내게 제안해 왔다. 우리는 그 아름다운 피탕스(그날 그날의 양식이란 뜻)를 향해 떠났다. 7세기 오트빌레의 베네딕트 수도원과 등을 맞대고 서 있는 상파뉴는 천혜의 자연환경을 가진 공원에 의해 둘러싸여 있었다. 피탕스는 끝도 없이 펼쳐져 있는 포도원의 연기들을 가로질러 저 멀리 마른까지 굽어보며 늠름하게 버티고 서 있었다. 빛은 해시계처럼 포도원의 푯말 그림자들을 가지고 놀고 있었다.

나는 우리 가문의 11대손을 대표하고 있었다. 우리가 로베르 장이라고 미리 이름 지어 놓은 아기, 12대손은 우리가 상파뉴에 도착하자마자 우리의 가족들과 합류했다. 이번에 래티티아는 보고타로 가는 여행에 함께하기로 되어 있었다.

우리는 일 년여 시간을 상파뉴에서 지냈다. 베아트리스는 여왕으로, 래티티아는 공주로, 로베르 장은 우리 집안의 계승자로 살았다.

베아트리스를 집요하게 괴롭히는 질병과 몹시 피곤하게 고통스럽게 진행되는 치료 과정에도 불구하고 우리 가족 모두는 4년여 시간을 나름 행복하게 살았다. 피아노 연주, 정원에 나무 심기, 버찌 따기, 장미 백 송이 자르기, 자두잼·살구잼·배잼 등 다양한 종류의 잼 만들기, 벽난로 주변에서 이야기 나누기 등…… 우리의 계절은 그렇게 이어졌다.

나는 아침마다 울퉁불퉁하다가 움푹 미끄러져 들어간 숲을 가로질러 작은 길로 래티티아를 태우고 운전하곤 했다. 내가 빨리 달리면 달릴수록 그녀는 더욱 더 좋아라 미소를 짓곤 했다. 우리의 놀이는 커브길에서 마지막 순간에만 살짝 제동 걸기, 넓고 한적한 길이 나타나면 시속 160킬로미터까지 액셀러레이터를 밟으며 달리기, 땅 위에 있는 모든 것들을 추월하기 등이었다. 나는 근사한 자동차에 그녀를 태워 바로 학교 앞까지 데려다 주지는 않았다. 그저 학교 부근의 어느 거리의 모퉁이에 내려 준 다음 집으로 돌아오곤 했다. 그것은 내 나름대로는 그녀가 자연스럽게 친구들과 어울 수 있도록 배려한 것이었다.

이따금 저녁이면 래티티아가 사무실로 나를 만나러 오곤 했다. 나는 그녀를 회사 직원들에게 소개했다. 그녀는 내 앞에 자리를 잡고 앉아 일하는 시늉을 하곤 했다. 우리는 그렇게 두어 시간을 회사에서 함께 보내곤 했다.

마지막 파티가 우리 딸 래티티아의 열세 번째 생일을 기념하여 열렸다. 나는 래티티아와 그녀의 친구들을 기쁘게 하기 위해 인공 불을 만들어 주었다. 그날 밤 아이들은 잠을 자지 않고 밤새도록 즐겼다. 그들의 고함소리는 포도원에 그렇게 오래오래 울려 퍼졌다.

그 무렵 래티티아는 이미 훌륭한 피아니스트가 되어 있었다. 그러나 정식으로 실력을 인정받기 위해 그녀는 반드시 콩쿠르에서 입상을 해야만 했다. 나는 콩쿠르에 참석하여 딸이 연주하는 모습을 간절히 보고 싶었지만 그러지 못했다. 왜냐하면 하필 그날 중요한 비즈니스 미팅이 잡혀 있었기 때문이었다. 일에 발목 잡혀 정작 가장 중요한 일을 놓쳐야만 하는 신세라니!

3장

내 인생에
희망을 불어넣어 준
두 번째의 숨결

잔인하게 부러진 날개

베아트리스는 아름다운 상파뉴에서 조용히 자택 요양을 받았다. 아침마다 나는 조깅을 하기 위해 여섯 시 반이면 어김없이 자리에서 일어났다. 집을 나선 다음 나는 약간 빠른 속도로 수도원의 담장을 따라 걷다가 경사진 첫 번째 골목길로 접어들었다. 그 지점에서 나는 흘깃 뒤를 돌아보았다. 우리 집 사냥개 라도스키가 오르막길에서 조금 힘에 부친 듯 낑낑거리고 있었다. 성당을 따라 오른쪽으로 넓고 평평한 길이 이어졌다. 아직 숲으로 가기 위해서는 오르막길을 한참 더 걸어가야 했지만 벌써부터 다리가 뻐근하게 저려 왔다.

길은 왼쪽으로 내리막이라 보폭을 조금씩 줄이자 라도스키는 나보다 200미터 남짓 앞서가기 시작했다. 녀석은 길 끝에 이르자 잠깐 멈춰 서서 나를 기다리고 있었다. 우리는 상파뉴 지방의 포도 경작지와 숲을 구분 짓는 능선 길로 접어들었다. 거기서부터 계곡길이 구불구불하게 펼쳐져 있었고, 가끔 안개로 덮이기도 하는 마른 앞까지 이어졌다. 그곳까지 가면 우리는 그야말로 세상의 지붕 위에 올라와 있는 셈이었다. 처음에 나는 100미터 정도 거의 전속력으로 달리고 난 뒤 멈췄다. 날마다 그 거리는 길어져서 한 달쯤 지난 뒤에는 숲과 포도원들을 가로질러 쉬지 않고 달려 3킬로미터의 원을 순식간에 주파할 수 있게 되었다. 그쯤 되자 같은 원을 두 번 정도 도는 것으로는 이제 만족할 수 없었다. 그래서 하루는 포도원 끝에서 되돌아오는 대신 험하고 미끄러운 오른쪽으로 해서 숲속 깊이 들어갔다. 몇 달 동안 나는 쉬지 않고 그 길을 달렸다. 라도스키도 그 사이 훈련이 되었는지 이젠 나를 제법 잘 따라왔다.

아침마다 나는 10킬로미터 남짓 되는 거리를 쉬지 않고 달렸다. 달리기를 마치고 돌아오는 길에 나는 신선한 빵을 사 왔고, 그녀를 위해 정성껏 아침을 만들어 주었다. 그녀는 나를 보자 머리만 살짝 들어올렸다. 나는 몸을 공격하는 통증과 싸우느라 땀방울이 흘러 침대 커버 위로 떨어지고 있는 그녀를 다정하게 안아 주었다. 그런 시간들을 그녀는 무척 좋아했다. 몸에 메스를 대는 첫날이면 나는 모든 계획을 뒤로 미루고 하루 종일 그녀와 함께 있었다.

우리는 샤모니의 옛 농장에 있는 친구들 집에서 2월 한 달여 시간을 보냈다. 그때 그곳에서 보았던 수많은 물건들, 사진들, 마른 꽃다

발들이 지금도 희미하게 생각난다. 내 친구 티티는 손가락에 깁스를 해서 어깨에 걸고 있는 자신의 이종사촌을 우리에게 소개해 주었다. 그는 패러글라이딩을 하다가 자신이 당한 사고에 대해 들려주면서 마치 남의 이야기하듯 아무렇지도 않게 말했다.

한 친구가 부주의로 그만 암벽에 부딪쳤고, 그를 구하려던 티티의 이종형마저 갑자기 돌풍이 부는 바람에 산의 바위에 걸려 부상을 당하고 말았다는 것이다. 그런데 그런 사고를 당하고도 그의 친구는 가벼운 찰과상만 입은 채 별 탈 없이 궁지에서 벗어날 수 있었다고 했다. 당시의 그 심각했던 상황에 대해 이야기하면서도 그는 대수롭지 않다는 듯 연신 웃고 있었다.

두 달 전에도 그는 소형 비행기 조종을 하다가 불의의 사고를 당했다고 했다. 볼트의 조임이 풀리면서 모터가 순식간에 사라져 버린 탓이었다. 천신만고 끝에 그는 아네시 호수에 불시착하는 데 가까스로 성공했고, 겨우 헤엄을 쳐 나와서는 풀밭으로 기어 올라왔다며 헤벌쭉 웃었다. 대수롭지 않다는 듯 이야기는 하지만 말만 들어도 당시의 상황이 얼마나 심각했을지 충분히 짐작이 가고도 남았다. 어쨌든 그들은 절체절명의 위기에서도 침착함과 담대함을 잃지 않은 덕분에 기적적으로 살아남을 수 있었던 것이다.

그는 내게 무척이나 친절하게 대해 주었다. 그는 나를 어떤 낭떠러지로 내몰면서 패러글라이딩의 기초부터 차근차근 가르쳐 주었다.

나는 마치 창공을 향해 비상하는 비행기가 처음엔 활주로를 전속력으로 달리다가 비로소 힘차게 솟구쳐 오르듯 한참 동안 힘껏 달리다가 마침내 하늘로 날아올랐다. 공중으로 떠오른 뒤에도 평지에서 달릴 때처럼 한동안 발을 버둥거려야만 제대로 떠오를 수 있었다.

여러 해 동안 나는 비행의 모든 단계를 체계적으로 마스터하기 위해 혹독한 생존훈련을 반복했다. 그 결과 나는 고도 천 미터 높이에서 완전히 펴지지 않은 낙하산을 맨 채 활공비행을 할 수 있을 뿐 아니라 끈기 있게 그것을 다시 펼칠 수도 있을 정도로 능숙해졌다. 나의 비행 거리는 훈련을 하면 할수록 점점 더 연장되었다. 나는 다섯 시간의 비행을 모두 끝낸 뒤에야 완전히 기진맥진해졌다.

출발점으로부터 3~4천미터의 상공에서 몹시 배가 고픈 상태에서도 나뭇잎의 미세한 소리와 뜨거운 공기의 기포를 단서로 위치를 정확히 탐지해 내고, 그 기포가 늦춰 줄 때까지 안으로 몸을 둥글게 웅크린다는 건 얼마나 멋진 일인가! 때때로 새들의 보금자리 위로 비행할 때면 성질 사나운 새들이 날카로운 부리로 나를 공격하기도 했다. 한 번은 몽블랑 위로 비행을 하고 있었는데, 갑자기 내 발 밑에서 귀청을 찢는 소리가 났다. 거대한 독수리(하늘에서 보면 더 거대해 보인다!)가 나와 나란히 날고 있었던 것이다.

이 무렵 나는 패러글라이딩의 세계에 완전 심취해 있었다. 나는 시간만 나면 등에 배낭을 맨 채 산으로 향했다. 나를 부르는 그 아름다운 산에 나는 멈추어 섰다. 처음에는 우스꽝스럽게도 챙이 달린 모자에 넥타이까지 맨 차림이었다. 그러나 어느새 내 뒤에서 비행하는 이들이 백 여 명이나 될 정도로 베테랑이 돼 있었다. 다른 사람들이 움직이는 동안 나는 당당하게 나의 글라이딩을 펼치며 초원을 세밀히 관찰했다. 그러고는 더운 공기의 기포들을 온몸으로 느끼며 프로답게 그 거리를 꼼꼼히 가늠해 보았다. 다음 동작을 미리 예측하고 순간순간 변화되는 상황들에 대비하면서 나는 바로 위로 내 장비가 올라가게 하기 위해 허리를 약간 움직여 주었다. 완벽했다! 다른 동호인들이 출발 지점에서 몸을 좌우로 움직이며 날아오르는 동안 나는 살짝 제동을 걸고 내가 미리 예상하고 있던 더운 기포 속에 헬리콥터처럼 위로 솟구치듯 올라갔다.

나는 몸의 균형을 잡고 평형을 유지하기 위해 애쓰면서 앞으로 나아갔다. 그리고 "나는 독수리다!"라고 외쳤다. 가볍게 몸이 흔들리면서 날개의 오른쪽 끝이 다시 위로 올라갔다. 오른쪽 다리 위에 왼쪽 다리를 교차시키고, 가볍게 왼손을 앞으로 내밀고, 오른손은 간신히 보일 만큼 뒤쪽으로 향하게 한 다음 몸을 앞뒤 좌우로 움직였다.

나는 글라이더와 내가 위로 점점 더 솟아올라 마침내 구름 아래 높이에 이를 때까지 대부분의 시간을 여전히 몸을 웅크린 채 비행했다. 사실, 이런 동작은 원칙 상 엄격히 금지되어 있었다. 하지만 나는 그 양력의 극단에 몰입하고 싶었다. 어느 누구도 내가 도달했던 높이만큼 이르지는 못했다. 나는 구름에서 나와 새롭게 방향을 선택했다. 몸을 뒤로 길게 젖히고 앞쪽으로 다리를 당겼다. 가장 이상적인 활주 비율을 맞춘 다음 담배를 피우기 위해서였다. 입에 담배를 한 대 문 채 나는 귀에 꽂혀 있는 워크맨의 이어폰을 재조정했다. 그런 다음 심호흡을 크게 한 번 하고 나서 다시 신나게 비행을 했다. 나는 끝없이 비행했다. 다른 행글라이더들 위로, 그리고 높은 산 위로 수천 미터를 비행할 때도 있었다. 믿기 어렵겠지만, 한 번은 두 대의 전투기가 내 발 밑으로 지나간 일도 있었다. 또 한 번은 어느 글라이더가 매우 큰 소리로 휘파람을 불며 나와 교차 비행을 시도했다. 순간 나는 더럭 겁이 났다. 생각해 보니, 여권도 없이 스위스의 상공까지 와 버린 것이었다. 나는 막대 초콜릿을 조금씩 빨며 헬멧에 달려 있는 조그만 음료수 통을 이용해 갈증을 해결했다.

그때였다. 무전기에서 누군가 나를 부르고 있었다. 나는 그들에게 뭔가 문제가 일어났다고 생각했다. 무전기를 들고 있는 사람은 에티엔이었다. 그는 열일곱 살밖에 되지 않았다. 그는 수천 미터 아래 땅에 서 있었다. 그는 한시도 눈을 떼지 않고 주의 깊게 내 글라이더의 위치와 상태를 탐지하고 있었다.

나는 나의 오른손 주위의 브레이크 줄을 세 번 감고 연결 부위 아래로 그 손을 고정시키면서 몸을 앞뒤로 움직였다. 글라이더는 점점 더 빨리, 그리고 점점 더 깊이 들어갔다. 그러다가 이제는 완전히 수직 상태가 되었다.

나는 수평선 부근에서 둥글게 회전했다. 글라이더와 나는 전속력으로 멋진 발레 동작을 그리며 아래로 떨어져 내려갔다. 천 미터, 이천 미터, 삼천 미터……, 정신이 하나도 없을 정도로 굉장한 속력이었다. 나는 숙달된 솜씨로 착륙 축 위에 손을 바로 세웠다. 그런 다음 몸을 일으켜 세우고 양 손으로 가운데 두 개를 제외한, 기구를 매는 데 사용된 줄을 모두 잡았다. 그러고는 측면에서 펄럭이는 글라이더를 접고 중간 부분만 부풀도록 내버려 둔 채 착륙지점을 향해 날아 내려갔다.

지면으로부터 이십 미터 남짓 떨어진 지점에 이르러 나는 비로소 제동장치를 작동시킴으로써 글라이더를 풀기 시작했다. 그것은 다시 부풀어 땅에서 수십 센티미터 높이까지 솟아오른 다음 나를 마치 꽃 위를 자유롭게 날아다니는 나비처럼 땅 위에 살짝 내려놓았다. 나는 천사처럼 4차원의 세계를 날아다니며 살고 있었던 셈이다.

그러나 드높은 창공에서 아무런 제한 없이 누리던 나의 자유로운 비행은 그리 오래가지 못했다. 끔찍한 비극의 순간이 맹수처럼 나를 덮치려고 발을 한껏 움츠린 채 기다리고 있었던 것이다.

나의 감각을 송두리째 앗아간 글라이더 사고

순간적으로 몸이 약간 마비된 채 나는 어느 높은 산에 부딪친 뒤 길게 뻗어 버렸다. 그런 다음 부딪칠 때의 충격으로 그만 의식을 잃고 말았다.

깨어 보니 패러글라이딩 동료 막스와 이브의 글라이딩이 내 옆에 있는 것이 보였다. 직업이 의사인 막스는 손에 뭔가를 들고 있었다. 그는 내가 숨을 쉴 수 있도록 해 주기 위해 내 얼굴 바로 앞에 구멍을 판 뒤 무전기로 누군가에게 나의 상태에 대해 설명하고 있었다. 나는 그들이 나를 왜 만지려 하지 않는지 이해할 수가 없었다. 내가 그들에게 말했다. 내 호흡이 이렇게나 고르고 멀쩡한데, 왜 자꾸 내가 숨을 쉴 수 있는지 묻는 거냐고…….

풀잎이 나의 콧구멍을 살살 간지럽혔다. 나는 요란하게 재채기를 하며 웃었다. 막스가 무전기에 대고 화를 냈다. 그는 그르노블에 긴급히 헬리콥터를 요청했다. 샹베리에도 헬리콥터 지원을 요청했지만 아무 소식이 없었다. 그러나 우리가 있는 곳에서는 그르노블보다 샹베리가 더 가까웠다. 이브는 어린아이에게 말하듯 내게 다정하게 말을 걸었다. 그는 두려움에 떨고 있는 것 같았다. 그는 내가 더 이상 움직일 수 없다고 생각하는 듯했다.

나는 다시 의식을 잃고 말았다. 한바탕 소동으로 인해 나는 다시 깨어났다. 헬리콥터 한 대가 내가 누워 있는 쪽으로 착륙하려 애쓰고 있었고, 그로 인해 요란한 소음과 거센 바람이 일어나고 있었다. 저공비행으로 수평을 유지하고 있는 비행기에서 의사 한 명과 구급대원 한 명이 신속히 뛰어내렸다. 내 몸엔 아무런 감각이 없었다. 그들은 능숙하게 나를 눕혀 비행기로 이동시켰다. 나는 하늘과 기계를 보았다. 그들은 나를 데려갔고, 친구들과 다른 사람들은 뒤에 남아 있었다.

"먼저, 제 소개를 하죠. 이브라고 합니다."

나는 내 몸에 뭔가 치명적인 문제가 생겼다는 것을 알게 되었다. 나는 당장 베아트리스에게 전화를 좀 걸어 달라고 그에게 부탁했다. 그러면서 나는 결코 심각한 일이 아니며, 그녀를 너무도 사랑한다고, 이 세상에 내가 진정으로 사랑하는 이는 그녀밖에 없으며, 그녀는 나의 영원한 빛이라고 전해 달라고 부탁했다. 그리고 우리 부모님에게도 전화를 걸어 절대로 내 아내 베아트리스가 혼자서 차를 타지 않게 해 달라고, 그녀를 최대한 따뜻하게 대해 달라고 전해 줄 것을 부탁했다. 사실, 지난 10년 동안 부모님과 베아트리스는 내가 패러글라이딩을 하는 걸 극구 말렸었다. 그래도 내가 고집을 꺾지 않자 어느 날 그들은 만일 무슨 사고라도 당하게 되면 아이들을 돌보지 않겠다고 정색하며 말하기도 했었다.

베아트리스는 슬프게 울었다. 나는 그에 대해 뭔가 반응을 해야 했지만, 죄인인 셈이었기에 아무 말도 할 수가 없었다. 나는 이브 옆에서 소리 죽여 울었고, 우리 부모님에게 전화를 걸어 제발 나의 아내와 아이들을 돌봐 주십사 전해 달라고 그에게 다시 한 번 애원했다.

이브는 나를 달래 주었고, 나는 그에게 내 비서의 전화번호를 알려 주었다. 이탈리아에서의 저녁 약속, 다음 날은 스위스, 그 다음다음 날은 독일에서 예약된 모든 만남을 그녀가 취소하도록 하기 위해서였다.

헬리콥터가 케이블 선을 내렸다. 나는 이브에게 그녀의 소중한 하루를 망치게 한 데 대해 진심으로 사과했다. 나는 공중에서 흔들리고 있었고, 부조종사는 몸을 기울인 다음 나를 붙잡아 위로 끌어올렸다. 비행기의 동체 안에서는 더 이상 아무 소리도 들리지 않았다. 그들은 내게 산소마스크를 씌웠다.

그로노블의 병원 옥상에 우리는 착륙했다. 나는 지각마비실로 즉시 보내졌다. 그곳에서 사람들이 몸을 기울여 나를 들여다보았고, 우리는 잠시 이야기를 나누었다. 그러나 그때 외과 의사로 보이는 한 사람이 “비켜요, 급합니다!”란 말로 우리의 별로 중요하지 않은 사적인 대화를 중단시켜 버렸다.

나는 곧 수술이 얼마나 어렵고 고통스러운지를 생생히 깨닫게 될 것이었다. 베아트리스와 나의 부모가 몇 시간 뒤 병원에 도착했다. 그들은 곧바로 외과 의사를 만났다.

“살 수 있는 확률은 20퍼센트밖에 안 됩니다.”

장시간의 수술을 마치고 난 뒤 나는 스스로 숨조차 제대로 쉬지 못했다. 또한 한 달 동안 인공적으로 혼수상태에 빠지게 하는 처치를 받아야 했다. 인체에 거부 반응이 일어나지 않게 하려면 인공호흡기는 반드시 필요했다.

그달 내내 베아트리스는 내 머리맡을 지켰다. 그녀는 나의 상태를 조금이라도 호전시켜 보기 위해 동분서주하며 애를 썼다. 수시로 눈을 감은 채 기도하며 내 팔다리를 주물렀고, 틈만 나면 외과 의사들을 찾아가 남편을 살려 달라고 애원했다. 조금이라도 내 몸에 어떤 변화가 느껴지면 간호사를 찾아가 세밀히 체크해 달라고 요구했다. 그런 집요한 노력에 의사들이 간혹 짜증을 내기도 했는데, 그녀는 전혀 개의치 않았다. 사랑하는 남편의 생명을 구할 수만 있다면 그녀에게는 그 어느 것도 문제될 것이 없었다. 외과 의사들은 그 모든 것이 부질없는 일이라고 판단하고 있던 터라 그녀를 설득해 보려 했다. 하지만 베아트리스는 결코 멈추지 않았다.

그녀는 내가 병원에서 나갈 수 있도록 하기 위해 자신이 할 수 있는 모든 방법을 동원했다. 그녀는 나의 상관 프레상동에게 연락을 취했고, 친구가 된 외부 상관 앙드레 가르시아에게도 연락을 시도했다. 덕분에 그들은 파리에 있는 파티에 살페트리에르 병원에 내가 입원할 수 있도록 조치를 취해 주었다. 나는 거기에서 두 달 넘게 머물렀다.

혼수상태에 빠진 지 며칠이 더 지난 후 비아르 교수는 상당히 파격적인 방법을 시도해 보기로 했다. 그것은 나의 혼수상태를 유지해 주고 있는 연질 캡슐 수면제(이모반, imovane)를 포함해 현재 처방되고 있는 모든 약의 투약을 한꺼번에 멈추어 보자는 제안이었다. 실제로 그 충격은 상당히 컸다. 투약을 금지하고 일주일 동안 열이 40~41도 사이를 오락가락했다.

그 결과 간염 증상이 나타나긴 했지만 운 좋게도 나는 차츰 의식을 되찾기 시작했다. 그리고 어느 날, 유리로 된 내 요람에 베아트리스가 몸을 기울인 채 나를 지켜보고 있는 현실로 나는 되돌아왔다. 그 당시 그녀가 내게 했던 말들, 그녀의 시선이 지금은 또렷이 기억이 나지 않는다. 아마도 여러 주 동안 가상의 세계 속에서 유령처럼 떠돌았기 때문일 것이다.

나는 소형 모터보트를 타려고 한다. 코스는 노를 젓는 것으로 끝나고 만다. 내 병실로부터 다른 병실로 정박하는 것이다. 어느 스페인인 파일럿이 조종하는, 시끄럽게 소리 나는 미라주 40 폭격기의 동체에 태워 나를 이동시킨다. 나는 나중에야 빈민 구제 사업은 재정 지출을 줄이기 위해 스페인 사람을 고용한다는 사실을 이해하게 된다. 파일럿은 나를 프랑스 영토 밖으로부터 급강하하여 음속의 장벽을 넘게 해 준다. 날마다 나는 그 비행기에 탄다. 결국 비행기는 알렉산드리아 동쪽에 있는 이집트의 어느 도시에 나를 내려 준다. 그런 다음 기진맥진해 병원으로 돌아와서는 휴식을 취한다.

병원 앰뷸런스의 운전기사가 내게 도시의 근교를 구경시켜 준다. 그런 다음 그는 어느 중세풍의 건물로 나를 데려간다. 고풍스러운 그 건물은 여러 층으로 이루어져 있고, 각 층마다 크고 작은 방들이 많이 있다. 사람들은 중국식 요리를 먹고 터키식 목욕을 하기 위해 그 건물로 모여든다. 또 어떤 사람들은 작은 방에 누워 있다. 그곳에서 누군가 내게 담배를 한 개비 건넨다.

운전기사는 온통 하얀색 도자기로 된 욕실로 나를 데리고 간다. 내 머리 위로 증기가 요란하게 분출되고 있다. 나는 팔꿈치로 딛고 일어서려 애를 쓰다가가 그만 방 한가운데에 있는 배출구 쪽으로 미끄러지고 만다. 운전수는 그걸 보고도 아무런 조치도 취하지 않고 한동안 나를 방치해 둔다. 나는 애타게 도움을 요청해 보지만 소용이 없다. 사람들은 내가 곤경에 처해 있는 걸 보면서도 누구 하나 도움의 손길을 보내려 하지 않는다.

나는 꿈에서 깨어나려 했지만, 역시 헛일이었다.

미라주 폭격기라니……, 분명한 정신 착란이었다. 내가 눈을 떴을 때 내 몸은 그곳에 없었다.

누이동생 알렉상드라가 거기 있다. 그녀는 뭔가에 질려 공포에 떨고 있다. 그녀는 심하게 딸꾹질을 해 대더니 갑자기 얼굴빛이 백짓장처럼 창백해서는 사라져 버린다. 그토록 중요한 순간에 레오와 한때의 마약 중독자들이 자리를 둘러싸고 있다. 그들은 흰색 무기로 간호사를 죽이고, 약품용 붙박이장을 향해 달려들더니 주사기들과 다른 약품들을 탈취해 간다. 그러고는 손톱 다듬는 소리와 함께 사람들은 모두 사라져 버린다.

나는 다시 꿈을 꾸어야만 한다. 하지만 다음 날 나는 라디오에서 경찰이 한 젊은 여자를 둘러싸고 고래고래 소리 지르면서 춤을 추던 위험한 불한당 패거리를 체포했다는 뉴스를 듣는다. 그녀의 등에는 칼이 꽂혀 있다. 그들은 아직 희생자에게 다가갈 수 없다. 알렉상드라다. 나는 고함을 지른다.

나의 사촌 노운스가 왔다. 그는 내가 병원에 갇혀 있는 동안 매일같이 나를 보러 올 것이다. 습관처럼 그는 내게 익살맞은 이야기를 들려주었다. 그러면 나는 큰 소리로 웃어 댔다. 내 쌍둥이 형제 알랭은 그에게 계속 이야기를 하라고 시켰다. 그는 발꿈치로 소리를 내고, 유리 침대 쪽으로 상반신을 기울이며 군대식으로 인사를 했다.

"저런, 내 동생!"

가볍게 몸을 다시 똑바로 편 다음, 그는 침묵을 지켰다. 베아트리스가 병실에 와 있었던 것이다.

"그만들 해요!"

그녀의 따뜻한 시선에서 나는 내가 살아 있음을 느꼈다. 그녀가 나를 만졌다. 그녀는 나를 포옹하기 위해 내게로 몸을 한껏 기울였다.

우리는 상파뉴의 공원에 간다. 내 아들에게 이공과 대학을 추천해 준 엠마누엘과 매혹적인 중국인 수녀 마리가 그 공원에 있다. 몸이 떨리는 밤이 온다. 그때 갑자기 마리의 귀에서 수많은 어린 중국 소년들이 쏟아져 나온다. 마리가 그들을 불러 모은다. 엠마누엘은 어색한 미소를 짓고 있는 한 꼬마를 차지한다. 그 꼬마는 자기 컴퓨터로 모의 훈련을 했다고 설명한다. 그는 세계대전이 슈퍼컴퓨터에 의해 시작되었다고 나를 이해시킨다. 천박한 매춘부들이 스크린에서 빠져나와 기계로 만들어진 적들을 공격하고 있다. 엠마누엘은 전선의 최근 소식을 전해 준다. 사실 그들의 산 높이와 낮은 임금에서 적대감을 불러일으켰던 것은 바로 티베트인들이다. 엠마누엘, 마리, 그녀의 패거리와 나 자신, 우리는 티베트로 가기로 결정한다. 처음에는 아내와 어머니로부터 도움을 받은 단순한 한 젊은이가 매춘부들이 속한 작은 집단을 혁신적인 방식으로 발전시킨다. 중국군은 그들을 죄수로 만들고, 불행한 그들은 자신들을 지키는 간수들에게 식료품을 공급하기 위해 밤낮으로 일한다. 뜻밖의 놀라운 일들을 겪은 후 우리는 티베트를 벗어나서 모두 뉴욕에 자리를 잡는다.

전쟁은 매춘부들 없이는 역부족인 것 같다. 갑자기 KULG의 D.G인 A.B가 많은 고릴라들을 거느리고 우리 사무실로 들이닥친다. 그는 의외로 아주 부드러운 성격의 소유자이다. 그는 엠마누엘과 우리 친구에 대한 연구에 흥미를 갖고 있다. 그의 뒤에는 강한 스페인 억양의 왜소한 여자가 그에게 큰 소리로 무지막지한 욕을 퍼붓고 있다. A.B는 우리 회사의 대다수를 고용할 것을 요구하고, 그것을 점잖게 거부한 그들은 노모의 목을 자른다. 내가 이름을 알지 못하던 우리의 티베트 친구는 그것을 티베트식 할복자살이라고 지칭한 뒤 연민의 미소를 지으며 사라져 버린다. 생존자들은 모두 포로가 된다. 전쟁은 다시 시작된다.

나는 A.B의 정부 이자벨 디앙주의 침실 천장에 있는 새장에 갇혔다. 그녀는 젊은 마약 중독자들에게 둘러싸여 있다. A.B의 보호로 매혹적인 음악이 흐르는 가운데 미묘한 게임들이 차례대로 벌어진다. 가끔 도르레 시스템으로 움직이는 내가 갇혀 있는 새장은 나를 기다리고 있는, 화려하게 네 쪽으로 나누어진 디앙주의 침대 위로 곧바로 내려진다. 나는 새장에서 나가지 않고도 그녀를 속속들이 알 수 있다. 맙소사, 내가 어떻게 할 수 있을까? 가끔 그들은 내게 땅콩을 던져 준다. 그녀는 다른 가수를, 무적의 가수를 사랑한다. A.B는 격노한다. 그리고 그는 건강을 해친다.

갑자기 큰 불이 난다. 그러고는 숨 막히게 짓누를 듯한 고요가 찾아든다. A.B의 파산에는 특별한 원자탄을 터뜨려야만 한다. 시체들이 땅을 뒤덮는다. 상처가 없었음에도 시체들은 푸른색을 띤다. 그들은 추위로 얼어 죽고, 추위는 곧 생존자마저 덮친다. 나는 베아트리스와 아이들을 다시 만난다. 우리는 열기를 찾아서 도망치는데, 우리 앞에 A.B가 두꺼운 모피를 입고 앉아 있다. 그 모든 광경들은 결빙으로 사라진다.

죽은 자들은 창밖으로 내던져진다. 베아트리스는 이제 더 이상 그 시체들을 따뜻하게 해 주지 않는다. 죽은 자들의 몸에는 검푸른 멍이, 입술에는 보랏빛 멍이 들어 있다. 나는 급히 위험 신호를 보낸 다음 혹독한 눈 속에서 문 고리를 당긴다. 아이들이 일렬종대로 늘어선 채 우리를 따라온다. 엄청나게 큰 나무 더미에 의해 둘러싸인 풍요로운 땅에 세워진 오두막집이 보인다. 우리는 몇 년간 불 주위에 머물러 있다. 살을 에는 추위에도 불구하고 시간은 얼지 않고 유유히 흘러간다. 그때부터 목소리의 변성기를 맞은 우리 아들은 어느 날 창문을 통해 작고 흰 꽃 한 송이를 발견한다. 눈꽃이다! 베아트리스가 좋아하는 색깔인 황색 수선화로 대지가 뒤덮이는 데는 꼬박 3년을 기다려야 할 것이다. 우리는 파리로 돌아간다.

변한 건 아무것도 없었다. 나는 다시 병원 침상에 꼼짝없이 누워 있었다. 어느 날 나는 레니에가 울면서 방으로 들어가는 것을 보았다고 생각했다. 그가 울었던 까닭은 나 때문이었을까, 아니면 자신의 문제 때문이었을까? 아니면 그 끔찍한 사건들 때문이었을까? 알 수 없었다. 그는 결국 돌아오지 않았다.

그날 저녁, 간호사가 나의 치료법을 바꾸었고, 프로작(Prozac, 우울증 치료제)을 올렸다고 설명해 주었다. 다음 날 나는 깨어날 수가 없었다. 완전히 마비가 되어 버린 것이었다. 심지어 왼발조차 더 이상 움직이지 않았다.

베아트리스는 내게 가족 이야기를 해 주었고, 신문을 읽어 주었고, 병원의 TV 채널을 이리저리 틀어 주면서 내 흥미를 깨워 보려고 애를 썼지만 모두 헛수고였다.

나는 텔레비전에서 두 명의 연구원이 격렬하게 자신들의 견해를 개진하는 모습을 본다. 나는 그들이 무엇에 관해 이야기하고 있는지 금방 이해할 수가 없다. 그것은 TV 방송이 아니라 비디오테이프를 틀어 놓은 것이라는 느낌마저 받는다.

그들은 전보다 더 야위어 있다. 그들은 자신들의 말을 듣기를 거부하는 파리 병원협회의 방침에 대해 거세게 항의하고 있다. 나는 그 학생감에게 부탁해서 확산성 카세트테이프 복사본을 얻으려고 시도한다. 학생감은 내 말을 이해하지 못하는 것 같다. 하지만 내가 꿈을 꾼 것은 아니다. 그가 나에게 그것을 다시 확인해 준다. 그는 그들을 만나러 TV 스크린으로 다가간다.

그날 저녁 다시 내 복용량이 증가되고, 의식이 돌아오는 순간들은 점점 더 뜸해진다. 그들은 우리를 치료할 수 없다. 호흡할 때 기관 절제술로 인해 끙끙거리는 소리를 내는 우리 모두를 치료할 수는 없다. 수개월을 병원에서 보내는 이 모든 사람들은 결국 자유를 얻지 못할 것이다.

어느 날 밤, 나는 극심한 호흡 곤란을 겪는다. 더 이상 기계의 공기가 기관 속에서 사라지지 않는다. 나는 머리로 버튼을 눌러 간호사를 호출해 보지만 불행히도 아무도 오지 않는다. 나는 계속 시도해 보지만 소용이 없다. 나는 숨이 막혀 곧 죽을 것만 같다. 그러다가 나는 의식을 잃고 만다. 눈을 떴을 때는 이미 날이 밝아 있다. 팀의 변호는 한 시간 내에 이루어진다. 이동차를 운전하는 사람이 오기까지 나는 버텨야 한다. 그가 방으로 들어오자 나는 급히 서두른다. 그는 상황을 신속히 파악하고 먼저 방을 환기시킨다.

나는 하루 종일 잠을 잔다. 밤이 되자 옆에 있는 유리 침대에는 길고 검은 머리의 한 젊은 여자가 누워 있다. 그녀는 공포에 질려 소리를 질러 댄다. 그녀에게는 다리가 없다. 결국 그녀는 여러 대의 주사를 맞고 잠잠해진다. 병실 안쪽에 있는 불 하나가 꺼지더니 다른 불이 차례대로 꺼진다. 그러더니 잠시 후 누군가 첫 번째 불을 다시 켠다.

내 주위에서 불들이 켜지고 꺼지기를 반복한다. 내가 램프를 끄자 그 놀이가 비로소 멈춘다.

나는 눈으로 확인한다. 인공호흡기는 여전히 작동하고 있다. 호흡기는 따로 떨어진 플러그에 연결돼 있는 것 같다. 검은 머리의 그 여자와 다른 여자 두 명이 죽어 가고 있다.

부서의 밖에서는 그 모든 것들 중 걸러 낼 것은 아무것도 없다. 어떤 음모의 표적일 수 있다는 인상을 나는 떨칠 수가 없다. 의료팀이 나의 존재 안에서 가장 위대한 침묵을 관찰할 때마다 나는 죄를 짓고 있는 것만 같다. 내 뜻과는 반대로 나는 그들을 위협할 생각을 해 본다. 그들은 그 연구원들을 팀에서 제외시키고, 그들의 업적에 대한 유일한 증인으로 나는 남아 있다.

나는 베아트리스에게 메시지를 전달하기 위해 컴퓨터를 이용했다. 나는 두 시간의 작업 끝에 기진맥진해진 채 "S.O.S" 세 글자를 겨우 타이핑할 수 있었다. 그러고는 지쳐 잠이 들었다. 아주 편안한 하룻밤을 보내고 난 뒤 잠에서 깬 나는 순간 깜짝 놀랐다. 정말로 베아트리스가 온 것이다. 나는 그녀에게 디스켓을 가져다 달라고 신호한 뒤 벽 밖에서 그 디스켓을 읽으라는 신호를 보냈다. 그녀는 아마 깜짝 놀랐을 것이다. 그렇게 하루가 지나갔다. 나는 내 불안감에 대한 정당성을 의심하기 시작했다. 갑자기 나는 온순해졌다.

저녁 시간이 지난 후 귀를 멍하게 하는 소동에 놀라 잠에서 깨어난 나는 수많은 발자국 소리를 듣는다. 고함 치는 소리, 뭔가를 지시하는 소리, 가구를 옮기는 것 같은 부스럭거리는 소리, 심지어 경기관총 발사 소리도 들은 것 같다. 내가 입원해 있는 병원 문이 벌컥 열리고, 한 팀이 내 방으로 들어온다. 그러고는 침대 옆에 자리를 잡는다. 그들은 공화국 보안기동대(C. R. S.) 복장을 하고 있다. 모두 족히 60명 정도는 되어 보인다.

마지막으로 나의 장인이 들어온다. 전 도지사인 그는 재빠르게 나를 보호하고, 국토 감시국(D. S. T.)의 동료들에게 도움을 요청하기 위해 필요한 조처를 취한다.

베아트리스가 저쪽에 서 있는 것이 보였다. 그녀가 내게 다가와 아이들에 대한 이야기를 들려 주었다.

나의 장인이 복도와 내 방 아래에 사람들을 배치하고 있다. 그들 사이에 싸움이 벌어지고, 장인의 사람들이 승리한다. 안전조치에 따라 그들은 나를 정원 안에 있는 떡갈나무 꼭대기로 옮긴다. 내가 있는 해먹이 거기에 매달려진다. 병원 지붕 위에 자리를 잡은 저격수들이 내 간호인들 중 한 사람을 쓰러뜨린다. 그러고 나서 유탄에 의해 제거되자 기자들이 무리 지어 도착한다. 그들은 연병장을 에워싼다.

나는 마이크를 들고 내 생각을 밝히며 수상의 중재를 요청한다. 수상이 도착하자 많은 사람들이 그를 에워싼다. 그는 싸움을 끝낼 것을 명령한다. 나는 그 연구원들이 내 수술을 시도할 수 있게 해 달라고 요구한다. 그들의 활동이 시작된다. 몇 주 후 검은 안경을 쓰고 머리를 염색하고 변신한 젊은 여자 연구원이 나타난다. 그녀는 그녀가 속한 팀과 함께 떡갈나무에서 들어 올려진다. 그녀는 연약하다. 그녀가 병원에 전기 기구가 마련되어 있는지 확인하고 있을 때 소규모 교전이 재개된다. 밤이 오자 그녀는 두려움에 떨면서 접속을 끝낸다. 조명탄들이 그 장면을 비추고 있다. 그녀가 제어 장치를 누르기 전 나는 장인을 안고 감사를 표하며 그에게 베아트리스와 아이들을 보호해 달라고 청한다.

그 젊은 연구원이 손잡이를 꽂는다. 나는 눈을 감는다. 아무것도, 아무 일도 일어나지 않는다. 그리고 갑자기 섬광을 발하는 불꽃이 치솟고, 나는 기절해 버린다.

나는 움직이지 못하는 채 병상에 누워 있었다. 베아트리스가 와서 아이들 이야기를 해 주었다. 나는 갑자기 숨이 막힐 듯 오열했다. 베아트리스가 어디 아프냐고 물었다. 나는 괜찮다는 의사 표시를 했다.

나는 비참한 나의 이런 상태를 아직 받아들이지 못하고 있었다. 나는 감당하기 어려운 스스로의 광기와 공포에 질려 자살을 하기로 마음을 먹었다. 하지만 나의 불완전한 사지 마비는 내가 자살을 하도록 도와주지 않았다.

의사는 목 주위를 산소관으로 묶는 데 가까스로 성공했다. 그런 다음 나는 의식을 잃어버렸다. 한참 후 생생한 빛이 나를 깨웠다. 기계의 경보음 소리를 들은 간호사들이 마치 아무 일도 없었다는 듯 산소관을 다시 내게 연결시켰던 것이다. 그때부터 오랜 침묵이 시작되었다.

담배를 즐겨 피우는 기관 절개 환자

내가 병상에서 생활한 지도 어느덧 일 년이 넘어가고 있었다. 베아트리스는 팔을 쭉 펴고 온 힘을 다해야만 겨우 나를 옮길 수 있었다. 나는 그녀와 함께라면 어떤 고통이든 참을 수 있었다. 우리는 죽어가는 몸을 가지고 브르타뉴 연안에 위치한 재활센터 케르파프에 들어와 있었다. 그녀는 여전히 아름다웠다. 나는 이 표류물의 세계 안에서 물 위를 걷고 있었다. 발치에 있는 바다는 우리의 꿈들을 흔들어 놓았다. 그녀는 자신의 아픈 몸을 이끌고 내가 이동하는 곳마다 나와 함께 다니며 용기를 북돋아 주었다. 우리는 그렇게, 답답하고 녹록치 않은 일상을 끌어안은 채 살아가고 있었다.

내가 혼자 힘으로 앉는 것을 배우기 위해서는 적어도 몇 개월은 더 필요할 것이다. 간호사가 병실로 찾아와 앞으로 날마다 한 단계씩 침대의 경사 각도를 올릴 것이라고 이야기했다.

"선생님께서 그 테이블을 의지한 채 혼자 힘으로 서고, 결국 선생님의 눈으로 영상 녹화장치와 저희들을 볼 수 있을 때까지 말입니다. 일단 수직이 되면, 의자에 앉을 수 있습니다."

나는 빠르게 일급 운전사가 되어 갔고, 아무것도 두려워하지 않는 센터의 아이들과 경쟁하기에 이르렀다. 그 병원에 입원해 있는 젊은이들은 고통을 모르는 것 같았다. 적어도 내 눈에는 그렇게 보였다. 젊은이들이 해맑게 웃고 있었다. 그들은 언제나 쾌활했다. 그들의 미소는 어른들에게 나쁜 영향을 미쳤다. 개개인의 환자들은 저마다 유일한 경우에 해당되었다.

한 환자가 크고 흰 이를 드러내며 너무 크게 웃다가 뒤로 천천히 넘어졌는데, 그를 붙잡을 방법이 없었다. 그래서 그는 꼼짝없이 뒤로 벌렁 자빠졌다. 깁스가 땅 위에 부딪치는 요란한 고철 소리를 누군가가 들은 덕분에 그는 겨우 목숨을 건질 수 있었다.

베아트리스는 병원에 있는 모든 사람들에게 친절하게 한마디씩 건넸다. 그녀는 가끔 의기소침한 환자들과 시간을 보내기도 했다. 그들이 의기소침해질 때를 그녀는 잘 알고 있었다. 그들은 울기 위해 구내식당에 가지 않고 방에서 혼자 있기를 더 좋아했다. 그래서 그녀는 언제 그들을 방문할 수 있는지 알기 위해 애를 썼다. 나의 간병인은 우울한 병원 환경에서는 상상할 수조차 없을 정도의 부드러움과 친절로 나를 대해 주었다. 환자들은 오랫동안 입원했는데, 평균 일 년 정도 되었다. 크리스토프는 벌써 5년째 여기에 머물고 있었다. 아주 젊은 그는 바이러스에 걸렸는데, 나처럼 사지 마비 환자 신세였다. 그는 추위를 많이 타는 까닭에 하루 종일 벽에 붙어 있는 라디에이터에서 떨어지지 않고 있었다.

갑작스런 체온 이상이 일어났다. 표면적으로 소모시키는 신경의 발열 현상에도 불구하고 나는 종종 한기를 느꼈다. 그럴 때면 나는 나 자신이 불타는 난로 속을 막 왕복해 나온 냉동 스테이크 같다는 느낌과 아직 단단하게 얼어 있는 얼음을 바삭거리며 씹어 먹는 것 같다는 느낌을 동시에 받곤 했다.

많은 사람들이 몸을 따뜻하게 하기 위한 목적으로 흡연을 했다. 기관 절개를 한 사람들은 목구멍의 벌어진 사이로 흡연을 했다. 무감각한, 그러나 매우 뜨거운 살 냄새를 인지하기까지 나는 얼마나 자주 셔츠와 바지, 담요를 태워 먹었던가!

서로 끔찍이 사랑하지만 포옹할 수 없는 관계

베아트리스는 기진맥진해 있었다. 벌써 1년 반 전부터, 정확히는 16개월 전부터 그녀는 내 곁을 떠나지 않고 있었다. 그녀의 병은 잠시 진행을 멈춘 것 같았다. 그러나 그것은 함정이었다. 베아트리스가 나를 위해 자신을 소모하면 할수록 그 함정은 더욱 깊어져 갈 것이었다.

나는 케르파프에서 그런대로 잘 지내고 있었다. 베아트리스는 모든 사람들의 친구였고, 우리 아이들은 환자들로부터 분리되어 있었다. 나는 사고를 당한 이후에도 그룹의 일에서 손을 놓지 않고 있었다. 나는 그 와중에도 끊임없이 뭔가 결정을 내려야 했다.

베아트리스는 휴식을 절실히 필요로 했다. 그러나 그녀는 한사코 내 곁을 떠나려 하지 않았다. 하지만 내 고집도 만만치는 않았다. 그래서 결국 그녀는 코르시카에서 3주간의 휴식을 갖는 데 동의할 수 밖에 없었다. 한데, 그 결정이 나에게와 마찬가지로 그녀에게도 좋지 않은 결과를 빚고 말았다.

베아트리스가 코르시카로 떠난 뒤 내 안에 혼란스러운 침묵이 자리를 잡았다. 그녀의 빈자리는 생각보다 컸다. 정신과 의사들은 나를 진정시키기 위해 애를 써야 했다. 나는 내 몸의 비참한 상태에 대해서는 더 이상 슬퍼하지 않았다. 그러나 그녀가 내 인생에 존재하지 않는다는 것은 생각만으로도 끔찍하게 여겨졌다. 나는 오직 그녀의 존재에 의해서만 지탱될 뿐이었다. 그녀가 부재하다면 나 역시 존재하지 않는 것이고, 그녀가 없는 삶은 의미 자체를 상실해 버린 빈껍데기뿐인 인생이라 생각했다.

잠을 자고 싶었지만 잠이 오지 않았다. 온갖 생각들이 불쑥불쑥 일어나 나를 괴롭혔다. 그러다가 그야말로 아무것도 할 수 없는 내 몸에 대해, 내 처지에 대해 지독한 환멸을 느꼈다. 나 자신이 말할 수 없이 증오스러웠다. 어떻게 이토록 무기력해질 수 있단 말인가! 나는 흔적도 없이 사라져 버리고 싶었다.

그녀는 휴가를 떠나 있는 동안에도 자주 편지를 보내 왔다. 그녀 역시 나처럼 혼란스러워하고 있다는 것을 편지를 통해 느낄 수 있었다. 그녀는 편지에서 아무렇지 않은 척, 잘 지내는 척 일상의 이런저런 일들에 대해, 자신의 상황에 대해 이야기하고 있었지만 그 행간들에서 나는 그녀가 무척이나 힘들어하고 있다는 것을 알 수 있었다. 그녀는 지금 우리가 겪고 있는 녹록치 않은 상황들을 자신이 더 이상 견디어 내지 못하게 될까 봐 걱정하는 것 같았다. 또한 그녀는 더 이상 행복이 함께하지 않는 코르시카의 깊은 산 속에 자기 혼자 버려져 있는 듯한 지독한 외로움과 싸우고 있는 것 같았다. 나는 서로를 끔찍이 사랑하면서도 서로 포옹할 수도 애무할 수도 없다는 잔혹한 현실을 자각하며 괴로워했다.

그 어느 때보다 우리에게는 자기 자신에 대한, 서로에 대한 믿음이 필요했다.

“다 좋은데, 여자는 때리지 말게!”

브르타뉴에서 재활 교육을 받은 지 일 년쯤 지나 우리는 피탄스를 떠났다. 베아트리스는 파리 중심부에 있는 보레 드 자르댕에 우리의 거처를 정했다. 그녀가 다시 일을 시작했고 모든 가사를 책임졌다. 나의 장인은 국방부에 문의하여 걸프전 때 부상당한 젊은 외인부대의 병사 장 프랑수와가 나를 도울 수 있는지 국방부에 문의했다. 그는 늑대처럼 생긴 사나운 개 한 마리를 기르며 혼자 살고 있었다. 베아트리스가 다시 병원에 입원할 때까지 3개월여 동안은 모든 일이 순조롭게 진행되었다. 나는 장 프랑수와에게 매일 저녁 8시에 나를 병원으로 데려다 달라고 요구했다. 한데, 어느 날 어찌된 일인지 밤 열한 시가 다 되어도 그는 여전히 오지 않고 있었다. 결국 그는 저녁 12시가 다 되어서야 아무 말 없이 나타나서는 소형 화물차에 나를 자질구레한 물건을 싣듯 거칠게 태웠다. 그러고는 차에 시동을 걸고 조심성 없이 운전을 했다. 그는 제한속도에 아랑곳하지 않고 차를 몰았는데, 심지어 빨간 신호등에도 결코 멈추는 법이 없었다. 내 휠체어는 차가 커브를 돌 때마다 화물칸에서 이리저리 미끄러져 다녔다. 그렇게 한참을 가다가 그는 갑자기 녹색 신호에서 차를 멈추었다. 잠시 후 다시 출발한 그는 거칠게 차를 운전했다. 그러다가 그는 지그재그로 달리면서 자기를 추월하려 애쓰는 듯한 두 명의 운전자들을 무서운 속도로 따라잡아 앞에 서서 멈추게 한 뒤 밖으로 나오게 한 다음 마구 두들겨 팼다. 그러고는 다시 차에 올라타고 아무 말 없이 나를 집에 데려다주었다. 나는 땅에 못 박힌 채 그 자리에서 무기력하게 있어야 했고, 그가 눕혀 주기를 기다렸다. 그는 차에서 나를 내려 주며, 이 모든 일이 자기가 다시 술을 마시기 시작했기 때문이라고 마치 남 얘기하듯 말했다. 그 밤 이후 우리는 각자의 길을 가기로 좋게 타협을 보았다.

압델은 우리가 도우미를 구하기로 결정하고 구인 공고를 낸 뒤 가장 먼저 소개받은 사람이었다. 그는 ANPE 소속이었는데, 이 단체에는 모두 90여 명이 있었다. ANPE 담당자의 말로는, 프랑스인으로는 그가 유일하다고 했다. 나는 엄격히 선발된 여러 명의 지원자들을 각각 일주일씩 테스트해 본 뒤 최종적으로 압델만 받아들이기로 결정했다. 나는 그에게서 독특한 개성, 빠른 상황 판단과 이해력, 거의 모성애에 가까운 무언가를 느꼈다. 다소 무질서하다는 점이 마음에 걸렸지만 크게 문제 될 것은 없었다. 그리고 그는 요리를 무척이나 잘했다.

우리는 그를 위해 우리 집 맨 꼭대기 층에 있는 네모난 이십여 미터의 스튜디오를 개조하게 했다. 그는 잘 먹고, 잘 자고, 세탁 등의 집안일도 척척 잘 해냈다. 어느 날 그는 내게 무슨 고백이라도 하듯 진지한 얼굴로, 이제까지 자기가 누군가로부터 존중을 받아 본 것은 이번이 처음이라고 말했다. 그는 개고생을 하고도 손에 쥐는 보수라고는 그야말로 쥐꼬리처럼 얼마 안 되는 자질구레하고 허접한 일들만 주로 해 왔던 것이다.

그는 자신의 가족사 등에 대해서도 이야기했다. 그에게는 아이가 하나 있는데, 나처럼 전신 마비로 고통 받고 있다고 했다. 그 이야기를 하는 동안 그의 눈에 눈물이 그렁그렁해지는 것을 나는 보았다. 그의 부모는 열 명이 넘는 아이들을 낳았다고 했다. 한데, 그가 예닐곱 살 되었을 때 그의 부모는 아들이 없는 숙부에게 그를 보냈단다. 그것이 알제리에선 하나의 관습인 것 같다고 그는 말했다. 하지만 그는 결코 그것을 받아들이지 않았으며, 한 번도 숙부와 숙모를 자신의 부모로, 가족으로 생각해 본 적이 없다고 했다. 그런 그가 우리 가족에게서 평생 한 번도 느껴 보지 못했던 가족애를 느끼고, 자신이 진심으로 환대받고 있다고 느낀다고 이야기했다.

그의 가슴속에는 세상에 대한 적개심이 있었다. 그래서 그는 자주 사람들과 충돌을 일으키고 마찰을 빚곤 했다. 자기를 존중해 주지 않는 사람이면 그는 상대가 누구이건 거칠게 충돌했다. 남자든 여자든 나이든 사람이든 젊은 사람이든 가리지 않았다. 그럴 때면 나는 그에게 조용히 충고해 주었다.

"다 좋은데, 여자는 때리지 말게. 여자는 보호하기 위한 존재이지 때리라고 있는 존재가 아니란 말일세."

그러면 그는 이렇게 대꾸했다.

"그 여자가 나를 더러운 아랍인으로 취급하지만 않는다면 때리지 않아요!"

나는 그의 마음을 물론 이해했다. 그는 자신이 무슨 일을 당했는지 내게 시시콜콜 이야기하지는 않았다. 하지만 여러 가지 정황으로 미루어 그가 그 여성으로부터 뭔가 부당하고 참기 힘든 모욕을 당했다는 것을 알 수 있었다. 한데, 그런 일만 있는 것도 아니었다. 간혹 그는 내게 이런 이야기도 했다.

"나는 여자들이 그렇게 잘 넘어간다는 데 놀랐어요. 자기 남편이 앞에서 뻔히 보고 있는데도 손바닥에 자기 전화번호를 적어 내게 보여 주는 여자도 봤다니까요."

그렇다고 압델은 그런 일들을 거북하게 생각하지는 것 같지는 않았다. 오히려 은근히 즐기는 것 같기도 했다. 그가 비록 작은 악마처럼 보이긴 하지만 그는 무척이나 익살맞고 재치 있으며 순수한 용기를 가진 사람임에 틀림없다고 말할 수 있다.

어느 날 오후, 한 여자가 내게 전화를 걸어서는 큰 소리로 오열했다. 나는 그녀를 진정시킨 뒤 도대체 무슨 문제가 있었는지 속 시원히 털어놓아 보라고 했다. 나는 그녀의 이야기를 듣고 내 귀를 의심하지 않을 수 없었다. 그녀가 들려준 이야기에 따르면 전후 사정은 이랬다.

그녀는 그날 오후 처음으로 압델을 만났다고 했다. 그녀는 압델을 레스토랑으로 초대했고 함께 식사를 했는데, 그만 그의 매력과 재치에 홀딱 반해 버렸다고 했다. 그는 레스토랑에서 식사 직전 아페리티프(서양요리의 정찬에서 식욕증진을 위하여 식탁에 앉기 전에 대기실에서 마시는 술)를 주문했다고 한다. 식사를 마친 뒤 그들은 차를 몰고 드라이브를 나갔는데, 갑자기 압델이 어느 묘지에 차를 세웠다고 한다. 그러고는 취기가 오른 탓인지 첫 경험이 아닐 가능성이 매우 큰 그 젊은 여자에게 수작을 걸었다는 것이다. 그녀는 내게 압델이 구체적으로 어떤 방식으로 수작을 걸었는지를 주저리주저리 묘사했다.

아무튼 우리의 '작은 악마'에 대한 간절한 욕구를 채우기 위해 그녀는 그에게 몰두했다고 한다. 그러자 압델은 일단 그녀의 흥분을 가라앉힌 다음 그녀에게 자동차에 문제가 생긴 것 같으니 트렁크에서 뭔가를 좀 꺼내 달라고 하고는, 그녀만 묘지에 홀로 남겨 둔 채 시동을 걸고 전속력으로 달아나 버렸다는 것이다. 나는 그녀에게 압델이 돌아오면 반드시 호되게 야단칠 것을 약속했다.

얼마 후 압델이 집에 돌아왔다. 나는 그를 마치 나무라는 듯한 말투로 내가 방금 그 여자에게 들은 이야기를 해 주었다. 그는 한참 동안 미친 듯 웃어 대더니 처음에는 자기도 그녀가 조금은 마음에 들었지만 너무 들이대는 바람에 그만 정나미가 떨어지고 말았다고 둘러댔다. 그가 어렵게 생각한 여자는 세상에 딱 한 명뿐이었는데, 그녀는 바로 내 사랑하는 딸 래티티아였다. 나는 압델에게 그녀의 방문을 두드리는 것을 엄격히 금지시켰다.

압델은 썩어빠진 이 세상을 살아가기 위해서는 최대한 거칠어지고 타락하는 것 외에는 도리가 없다고 생각했다. 어느 날 오후, 압델은 이웃집 주차장 앞에 있는 우리 건물 옆에 자동차를 잠시 주차시켰다. 그러고는 열쇠로 문을 잠그기 위해 아파트 쪽으로 걸어갔다. 나는 자동차 안에 남아 있었고, 래티티아는 잠시 차에서 내려 인도 쪽에 앉아 있었다.

그때 그곳에 외교관 차량으로 등록된 자동차가 한 대 도착했다. 한 이웃의 차였다. 그 이웃은 앞을 막아선 우리 차를 보고 비켜 달라는 표시로 격렬하게 클랙슨을 울려 댔다. 하지만 그런 행위는 압델을 빨리 움직이게 하는 데 눈곱만큼도 도움이 되지 않았다.

심드렁한 표정으로 천천히 차에 돌아온 그는 심지어 내가 좌석에 잘 자리를 잡고 있는지 꼼꼼히 확인까지 했다. 그 외교관 차량 뒤에서 있던 빨간색 다른 자동차도 신경질적으로 클랙슨을 울려 댔다. 그러자 압델은 차에서 내려 그 자동차 문 쪽으로 천천히 걸어갔다. 화가 치민 빨간 자동차의 운전자는 문을 벌컥 열고 나오더니 그에게 삿대질을 하며 험한 욕을 퍼부어 댔다. 그는 우리의 악마보다 머리 하나는 족히 더 크고, 몸무게도 30킬로그램은 더 나갈 것 같은 거구의 미국인이었다. 압델은 지체 없이 그의 목을 잡더니 "너 방금 뭐라고 했어?"라고 내뱉으며 무섭게 쏘아붙였다. 그러자 어림짐작으로 프랑스인으로 보이는 다른 사람 하나가 압델의 허름하고 지저분한 옷차림을 지적하며 예의 바르지 못하다고 나무랐다. 압델은 다른 차에 탄 프랑스인의 말을 못들은 체하며 미국인의 머리를 몇 차례 거침없이 가격했다. 그러자 미국인의 이빨 사이로 피가 흘렀다.

그는 몹시도 화가 나서 가해자의 고용주를 만나야겠다고 말했다. 그러자 압델은 평소보다 조금 더 하얀 얼굴로 자동차 뒷좌석에 있는 나를 가리키고는, 두 차례나 더 세게 그의 따귀를 올려붙였다. 나는 의자 속으로 몸을 잔뜩 움츠렸다. 래티티아는 의자에 거의 누워 있다시피 했다. 그녀는 그 일을 무척 창피하게 생각했다.

압델에게 여러 대 호되게 얻어맞고 정신이 달아날 정도로 얼이 빠진 미국인은 순한 양처럼 태도가 바뀌어 오히려 그에게 사과를 하면서 자신의 자동차로 뒷걸음질쳐 갔다. 그러고는 우리가 조용히 지나가도록 자리를 비워주기까지 했다. 그 모습을 보고 압델은 잠깐 동안 유쾌하게 웃어 젖혔다. 그 싸움에서 그는 보기 좋게 승리를 거둔 것이다. 언제나 그런 식으로, 그가 그날 때릴 만큼의 수를 나름대로 헤아린 후에야 나는 비로소 마음이 놓이곤 했다.

내가 그에게 교양을 갖추라고 말하자, 그는 깜짝 놀라는 표정을 지었다. 그는 내가 경영학 강의를 들을 때면 수업이 시작한 지 채 5분도 지나지 않아 잠이 들어 버렸다. 또한 고등학교나 교회에서 내가 '희망'을 주제로 강연이나 간증을 할 때면 그는 내 옆에 선 채로 코를 골며 자기도 했다.

압델은 남의 물건을 일상적으로 훔치고 마약 밀매 따위의 범죄 행위도 서슴지 않으며 생활하는 파리 근교에서 젊은 시절을 보냈다고 했다. 그는 이따금 자신에게는 호텔이나 다름없던 프랑스의 감옥들을 떠올리면서 배시시 웃곤 했다. 그의 말에 따르면, 추운 겨울을 무사히 보내기 위해 스스로 감옥행을 택하는 도시 거주자들이 많다고 했다. 그들은 마음 놓고 못된 짓을 하기 위해 감옥에서 겨울을 나고 여름이 되어서야 그곳을 나온다는 것이었다.

나는 그를 매우 총명한 사람이라고 생각했다. 그리고 다른 사람들과 마찬가지로 그 역시 자신의 미래를 계획하고 설계해 갈 권리가 있다고 믿었다. 그랬기 때문에 나는 그를 특별히 인정해 주었고, 틈만 나면 자칫 잔소리로 들릴 수도 있는 조언을 해주곤 했다. 그는 자신이 거리의 폭력으로 알고 있던 세계와는 근본적으로 다른 우리의 특별한 환경을 잘 이해하고 있었다. 그리고 그는 나의 아이들 래티티아와 로베르 장에게 한결같이 매우 친절하게 대해 주었다. 그런 터라 내 아들 로베르 장은 그를 큰 형처럼 믿고 따랐다.

압델은 잠이 아주 많았는데, 장소가 어디든 전혀 개의치 않고 잘 잤다. 내가 보기에, 자동차 운전은 삶에 대한 그의 태도만큼이나 기이했다. 묘하게도 그는 멀쩡히 있다가도 운전대만 잡으면 온순해지곤 했던 것이다. 그것이 나에겐 항상 딜레마와도 같은 상황이었다. 운전 중에 나는 늘 그를 소리 질러 깨워야만 했기 때문이다. 하지만 나의 그런 노력에도 불구하고 운전 중 그를 완전히 깨어 있게 하는 것은 불가능했으므로 나는 아찔한 사고를 여러 번 감수해야만 했다.

언젠가 한 번, 우리가 자동차 도로 위를 세 시간째 달리던 중 갑자기 뭔가 쿵 하고 부딪치며 요란한 소리가 났다. 그러고는 순식간에 내 몸이 자동차 앞 문짝과 보행용 휠체어 사이에 내동댕이쳐졌다. 내 얼굴은 금세 피투성이가 되었고, 더 이상 말도 할 수가 없었다. 몇 분쯤 지나자 소방차가 한 대 도착하여 혹시 죽거나 다친 사람이 없는지 살피고 있었다. 소방대원 한 명이 내 차의 뒷문을 열었다가 다시 닫으며 이렇게 말했다.

"어, 여기 시체가 있는데……!"

압델은 쇠막대기를 이용하여 심하게 안쪽으로 구부러진 부분을 편 다음 안간힘을 써서 나를 빼냈다. 그러고는 우리 차를 추월하여 순식간에 앞으로 끼어들었던 여자 쪽을 보고 고래고래 소리를 지른 다음 마치 아무 일도 없었던 것처럼 나를 태우고 다시 출발했다. 사실 그때 그는 깜빡 잠이 들어 있었던 것이다.

그는 자부심을 넘어 오만하다고 생각될 때가 간혹 있었다. 그는 웃으면서 이렇게 말하곤 했다.

"내가 최고라고요!"

그는 정말로 그렇게 확신하는 듯했고, 그렇게 말할 때는 그 어떤 말을 해도 귀담아 들으려 하지 않았다.

압델은 인내심도 없고, 허풍쟁이에다, 때때로 오만하고, 성격이 급하고, 진득하지 못하고, 충동적이었다. 그런 그가 가진 모든 단점에도 불구하고 그는 말로 표현하기 어려울 만큼 매력적인 사람이었다. 그리고 내겐 사람의 생명을 가능하게 해 주는 '공기'와도 같은 존재였다.

그가 없었더라면 나는 아마도 부패된 채로 죽어 버렸을지도 모르겠다. 압델은 내가 마치 자신에게 부여된 지상 최대의 과제라도 되는 듯 잠시도 관심의 끈을 놓지 않고 끊임없이 나를 보살펴 주었다. 또한 그는 아주 작은 신호에도 주의를 기울이며 내가 곤란한 일을 당하지 않도록 배려해 주었다.

그는 답답한 병원에 감금되다시피 있을 때면 기발한 방법으로 나를 석방시켜 주었고, 내가 약해질 때마다 힘과 용기를 불어넣어 주었다. 내가 의기소침해 있거나 우울해질 때면 그는 기필코 나를 웃게 만들었다.

그는 나의 사랑스러운 '악마지기'다.

내 인생에 희망을 불어넣어 준 두 번째의 숨결

소생실에서 3개월을 지낸 후 베아트리스가 우리 방으로 아이들을 데리고 왔다. 그때 나는 사지 마비가 되어 일시적으로 말조차 할 수 없는 상태였다. 래티티아는 내가 자신을 알아보는지 확인하기 위해 무척이나 애를 썼다. 그녀는 초현실적인 게임에 몰두해 있었다. 내 유리 침대 주위에 모여 있는 가족들 뒤로 그녀는 슬그머니 끼어들곤 했다. 그러고는 귀를 쫑긋한 채 가만히 그들의 이야기를 듣거나 간혹 얼굴을 찡그리기도 했다. 나는 그녀가 맘껏 놀이를 즐길 수 있는 '회전목마'였다. 관들로 막혀 있는 내 입에서 래티티아는 내가 이제는 자기에게 줄 수 없는 웃음을 찾고 있었다.

뼈저린 후회가 쓰나미처럼 한바탕 나를 휩쓸고 지나갔다. 내가 만일 6월 23일, 그 악몽과도 같은 하루를 피할 수 있었더라면……. 나는 사랑하는 아내 베아트리스를 그토록 절망스런 고통 속에 빠뜨리지 않았을 테고, 나의 분신과도 같은 아이들 래티티아와 장 로베르를 극도의 혼란스러운 상태로 몰아넣지도 않았을 것이다. 또 쾌활한 성격의 래티티아를 그렇게 자주 슬프게 만들지도 않았을 테고, 로베르 장을 약골로 만들지도 않았을 것이다. 나에게 일상적인 삶이 가능하도록 만들어 주기 위해 그들은 얼마나 많은 노력을 기울여야 했고 고통을 감내해야 했던가! 사실 그 모든 것들이 그들의 한계를 넘어서는 일이었다. 나의 고통스런 현재는 1993년 6월 23일, 그날부터 시작이었다.

나는 흔들림을 느낄 수 있게 하기 위해 특수 제작된 유동식 침대에 누워 있다. 나를 공중에 떠 있는 상태로 편안히 유지해 주는 침대 속 아주 작은 볼들이 뜨거운 공기에 의해 쉴 새 없이 움직이고 있다. 송풍장치의 부르릉거리는 소리와 방 안의 열기, 온도계의 눈금은 나를 현실에서 벗어나게 했다. 과거의 나의 존재가 사라지고 대신 침대 위에 누운 고깃덩이 같은 존재가 나타난 지 어느덧 6주의 시간이 지나갔다.

욕창은 우리 인간 조건의 재앙이다. 나의 엉덩이를 치료하기 위한 그 모든 조치라니! 어떤 물건, 어떤 가구는 우리 몸과 15분간 접촉하는 것으로 충분하다. 우리는 더 이상은 아무것도 느끼지 못하기 때문이다. 살이 찢어진다. 그 살이 다시 아물기 위해서는 여러 달에 걸쳐 세심한 정성을 들여 치료해야만 한다.

나는 발꿈치에, 팔꿈치에, 무릎에, 심지어 선골(Sacrum 신성한 척추동물 5밀리미터의 접합으로 이루어진 뼈, 양푼으로 만들기 위하여 장골 뼈와 연결된 관절)에도 여러 번 욕창이 생겼다. 욕창들은 너무 깊이 들어가 있고, 뼈들은 너무 노출되어 결정적인 감염을 피하기 위해서는 수술을 해야만 했다. 욕창은 심지어 병원에서도 전염될 수 있다. 나는 소생실에서 몸을 깨끗이 하고, 마사지를 받고, 3개월 동안 날마다 여러 번 몸을 돌아눕기도 했지만 아무 소용이 없었다. 15일 동안 집중 치료가 이루어졌음에도 욕창임을 밝힌 것으로 만족해야 했을 뿐이었다. 나는 이 첫 번째 감염을 회복하기 위해 케르파프에서 아홉 달 간이나 또다시 치료를 받아야 했다.

천장이나 바라보며 누워 있던 시간들, 그리고 수많은 밤들……. 그 달들은 이제까지 한 번도 경험해 보지 못했던 풍요로움을 나에게 가져다주었다. '침묵', 침묵이 바로 그것이다. 무거운 침묵 속에 또렷한 의식이 나를 지배하고 있었다. 사실, 침묵은 활기라고는 없는 광활하고 황량한 황무지와도 같은 것이다. 미래에 대한 신앙은 침묵으로 이루어진다. 시간은 늘 어딘가로 흐르게 되어 있기 때문이다. 따라서 쓰라린 비탄을 딛고 삶의 요소들을 되찾기 위해서는 스스로 미세한 존재가 되어야만 한다.

여러 달 동안 나는 권태로움과는 담을 쌓은 채 조용히 천장을 응시하곤 했다. 그 여백의 현기증 속에서 나는 마침내 내 몸을 단념해 버렸다. 나는 사람들 가운데로 귀환하기로 했다.

인공호흡기 없이도 호흡할 수 있는 방법을 배우느라 나는 끔찍한 고통을 이겨내야 했다. 다행히도 베아트리스의 헌신적인 사랑과 인내 덕분에 나는 차츰 안정을 되찾고 건강을 회복해 가고 있었다. 그리고 나에게 약간만 남아 있는 감각들을 소중히 다루며 조정해 가고 있었다. 나는 끝없이 이어질, 길고도 흥미진진한 이야기들로 채워질 베아트리스의 방문을 준비하고 있었다.

나는 감히 더욱 더 강하게 희망을 붙잡고자 했다. 내가 지금 체험하고 있는 것과 기대하고 있는 행복 사이의 간격이 내 안에서 시나브로 희망이 솟아나도록 도와주었다. 삶의 가치를 생생하게 인식하는 그 순간순간들 속에서 희망은 차츰 자라고 확산되어 가는 하나의 숨결 같은 것이었다. 그 희망의 숨결이 바로 내 인생의 '두 번째의 숨결'이었다.

마라톤 경주자들은 두 번째의 숨결을 매순간 체험한다. 그것은 일종의 은총과도 같은 상태이다. 극한의 고통 뒤에 신기하게도 호흡은 더 부드러워지고 깊어지며 거짓말처럼 고통이 사라져 버리는 것이다.

나는 42년 동안 숨 가쁘게 달려왔다. 말하자면, 내가 살아온 1년의 시간이 마라톤의 1킬로미터에 해당되는 셈이다. 우리는 너무 성급하게 앞을 향해 달려가느라 제대로 숨을 고르지 못한 채 살고 있고, 조금이라도 더 빨리 결승점을 밟아 최고가 되고 싶은 조바심에 무리하게 달리고 있는 건 아닐까! 수십 킬로미터를 달린 뒤에도 숨을 잘 고르고 잘 쉬는 마라토너가 결승점의 영광을 꿈꿀 수 있듯 우리의 인생도 그런 것이 아닐까! 혼자 달리는 마라톤이 없는 것처럼 우리의 인생도 서두르지 말고 멀리 보며 함께 달려야 하는 것이 아닐까!

'필립과 베아트리스'가 아니라 '베아트리스와 필립'이어야만 하는 이유

전화벨이 울렸다. 경쾌하기 그지 없는 어떤 목소리가 내 방을 가득 채웠다.

"기독 장애인사무소 소장 마리 엘렌 마티유라고 합니다. 저는 장 마리 카바다의 방송을 통해 선생님의 강연을 들었습니다. 저희가 지금 준비하고 있는 컨퍼런스에 선생님을 강연자로 모시고 싶습니다."

"말씀은 감사하지만, 제겐 그럴 만한 시간이 없습니다. 그리고 소장님, 저는 그렇게 신앙심이 깊은 사람도 못됩니다. 장애에 대해서도 말씀드리자면, 저는 이쪽 세계에선 아직 갓난아이와도 같은 신세라고 할 수 있습니다."

그러나 그는 포기하지 않고 집요하게 나를 설득하려 했다. 어떡해야 할까? 많은 어려움들이 예상되었고, 나는 그 일을 감당해 낼 자신이 없었다. 그 컨퍼런스는 3개월 후로 예정되어 있다고 했다. 사실 흔치 않은 기회임에는 틀림없었다. 그런 상황은 나에게 여러모로 도움이 될 것이었다.

"정 그러시다면 제가 제안을 하나 해도 괜찮을까요?"

"물론이죠. 말씀해 보세요."

"괜찮으시다면, 15년 전부터 질병으로 고통 받아 온 제 아내와 함께 강연을 했으면 합니다. 그녀는 저와는 달리 신앙심이 깊은 사람이기도 합니다."

"좋습니다. 그렇게 하시죠. 그러면 선생님 부부의 강연 제목을 뭐라고 붙이면 좋을까요?"

갑자기 피로가 엄습해 왔다. 마땅한 제목이 떠오르질 않았다. 그러다가 밤하늘을 가르며 떨어지는 유성처럼 머리를 스치고 지나가는 것이 있었다.

"두 번째의 숨결이오."

"두 번째의 숨결이라……, 아주 좋습니다! 그럼, '필립과 베아트리스 포조 디 보르고의 두 번째의 숨결'로 공지하겠습니다."

"아닙니다. '베아트리스와 필립의 두 번째의 숨결'로 해 주세요."

굳이 그렇게까지 할 필요가 있겠느냐고 마티유가 물었고, 나는 반드시 그래야만 한다고 주장했다. 왜 '베아트리스와 필립'의 순서일까? 베아트리스가 없는 필립의 삶이란 상상할 수도 없다고 믿기 때문이다. 말하자면, 베아트리스가 존재하기 때문에 필립도 존재할 수 있는 것이다. 그녀는 내 인생의 가장 중요한 필요조건인 셈이었다. 따라서 그녀는 내 인생을 통틀어 가장 큰 의미를 가진 존재이자 나의 인생 그 자체이기도 했다. 그러니 '베아트리스'로 시작하지 않고 어떻게 나의 두 번째의 숨결을 표현해 낼 수 있단 말인가! 베아트리스는 내 안에서 늘 환하게 빛났다. 나는 가능하다면 어디든 그녀와 함께 가고자 했다. 내 눈에 그녀는 언제나 이 세상 누구보다 아름다웠고, 우아하고 기품 있으며, 낙천적이면서도 사려 깊었다.

컨퍼런스 날 저녁, 그녀는 고요한 미소를 띤 얼굴로 자신의, 그리고 우리 두 사람의 모든 삶의 여정과 철학에 대해 이야기했다. 나는 그녀의 매력에 심취해 있는 500명의 사람들로 꽉 들어찬 강연장을 흐뭇하게 바라보고 있었다. 군중은 그녀가 하는 말 한마디, 토씨 하나라도 빠뜨리지 않기 위해 최대한 주의를 기울였다. 그녀는 우리의 첫 번째의 숨결에 대해 이야기했고, 이어서 두 번째의 숨결에 대해 이야기했다.

그렇다. 두 번째의 숨결! 베아트리스가 없었다면 끔찍한 사고를 당한 이후 내 인생에 두 번째의 숨결이란 것이 존재하기나 했을까? 어쩌면 나는 아마도 이미 오래 전에 인생을 포기해 버렸을지도 모를 일이다. 병원에서 보낸 1년여 동안 내가 접하지 못했던 세계, 내가 가까이에서는 한 번도 본 적이 없었던 세계, 고통의 세계를 나는 그녀와 함께 발견했다.

"알아, 아빠! 난 예수님을 보았어요!"

베아트리스가 마지막으로 병원에 입원했다. 그녀는 자칫하면 그녀의 목숨을 순식간에 앗아가 버릴 수도 있는 감염의 위험성을 차단하기 위해 특수 제작된 투명 유리로 된 막 안에서 생활하고 있었다. 그녀에게 가까이 다가가기 위해서는 첫 오염 제거실을 통과해야 했고, 발끝에서 머리끝까지 살균된 옷으로 갈아입어야 했다.

그녀는 복도 끝에 있었다. 게다가 거기에는 세 개나 되는 문과 살균 처리된 휠체어가 나를 기다리고 있었다. 그 고통스러운 두 달여 시간 동안 우리는 서로에게 가까이 다가가지 못한 채 완전히 무균 처리된 막의 다른 쪽에서 서로를 만나야 했다. 플라스틱으로 변형된 흐릿한 영상만으로 서로를 인식하면서 말이다.

베아트리스는 온몸에 패혈증이 퍼져 몸이 시나브로 줄어들고 있었다. 그녀는 이제 물을 마실 수도 음식을 먹을 수도 없는 상태였다. 심지어 물을 입술로 통과시키는 일조차 힘겨워했다. 그녀는 자신의 입을 막고 있는 점액들을 끝도 없이 닦아 내야 했다. 그때 그녀는 자기 아버지에게 이렇게 말했다.

"알아, 아빠! 난 예수님을 보았어요!"

그러고는 나에게 이렇게 말했다.

"내 외투로 당신 입 좀 닦아요. 이게 이래 봬도 모든 얼룩들을 지워 주는 신기한 직물로 만든 옷이라네요."

환자인 그녀는 다른 습포를 집어 들었다. 나는 그녀 말대로 내 입에 묻은 얼룩을 지웠다.

"내 사랑의 외투로 당신의 몸을 감싸요!"

베아트리스는 지상에서의 마지막 희망들을 이야기하고 있었다.

그녀가 죽기 사흘 전 의사들은 그녀의 플라스틱 막을 제거해 주었다. 하지만 너무 늦었다. 그녀의 눈은 이미 감겨 있었다. 그녀는 이제 거의 아무것도 볼 수 없는 상태였다. 사랑하는 우리의 아이들 래티티아와 장 로베르가 와서 내 무릎 주위로 섰다. 내가 눈물을 참으며 그녀에 대해 이야기하는 동안 아이들은 흐느껴 울고 있었다. 그러고 나서 그들은 옷을 갈아입고 밖으로 나갔다.

의사들은 내가 그녀를 우리 집으로 데려가도록 허락해 주었다. 간호사들이 그녀에게 흙색 옷을 한 벌 입혀 주었다. 우리는 그녀를, 평소 그녀가 누워서 쉬고 싶어 했던 벽난로 옆의 커다란 침대 위에 눕혔다. 압델이 흐느껴 울고 있었다.

그 후 3일 동안 가족과 친구들이 그녀를 늘 둘러싸고 있었다. 우리 집 가정부인 처녀 셀린은 눈이 벌겋게 충혈된 채 식탁에 분주히 먹을 것을 가져다 놓고 있었다. 나의 아버지는 장례 치를 준비를 하고 있었다. 그는 눈물을 글썽거리며, 베아트리스가 자신에게 기도하는 법을 가르쳐 주었다고 내게 이야기했다. 압델은 병원에서 있었던 그녀의 기록들을 모두 가져왔다. 그녀가 손수 기록한 글과 편지들이었다. 그녀는 병상일지를 손에 꼭 쥐고 있었다.

가족들에 대한 그녀의 사랑과 헌신, 행복, 하나님을 향한 믿음, 나와 자신의 치유를 간절히 바라는 기도가 그 안에 고스란히 담겨 있었다. 그녀는 우리의 어린 아들 장 로베르가 열여덟 살이 될 때까지는 어떻게든 악착같이 버텨 보려고 했다. 그리고 그녀는 그녀의 소망대로 장 로베르가 열여덟 살이 되던 해에 영원한 나라, 하나님 나라로 돌아갔다.

"주님, 당신 뜻대로 이루어지길 원해요!"

이것은 그녀가 지상에서 남긴 마지막 말이 되었다.

나는 내가 할 수 있는 한 가장 아름다운 나무 관을 골랐다. 그런 다음, 그 관에 개신교의 십자가를 새기게 했다. 우리는 그녀가 거동이 가능할 때까지 다녔던 교회에서 장례 예배를 드렸다. 그날 저녁, 베아트리스를 닮아 훌륭하기 그지없는 우리 아이들은 살아생전 엄마가 자신들에게 암송해 주곤 했던 기도문을 읽고 있었다. 그들은 하염없이 눈물이 흘러 내려 제 두 뺨을 흠뻑 적시는 것도 알지 못하고 있는 듯했다. 나는 압델을 시켜 바닥에서 잠이 든 그들을 침대에 눕히게 해 주었다.

장례식을 거행할 때 우리의 친구 니콜라와 소피는 베아트리스가 좋아했던 노래를 불러 주었다. 나는 지극한 슬픔을 참지 못하고 내 휠체어에 얼굴을 묻었다. 로베르 장은 내 손을 잡고 울었다. 래티티아는 자기 손을 교차하여 어깨에 올린 자세로 슬픔을 참고 있었다. 베아트리스의 장례식장은 수천 송이의 흰 장미꽃들과 함께 사람들의 슬픔으로 뒤덮였다.

'눈물을 거둬요. 나를 사랑한다면 울지 말아요.'

"하늘에 있는 나의 베아트리스여……!"

우리는 베아트리스의 무덤이 있는 언덕 아래에서 많은 시간을 보냈다. 나는 압델의 도움 없이는 그곳에 갈 수가 없었다. 그럼에도 나는 늘 내가 마치 팔을 들기만 하면 그녀에게 이를 수 있기라도 한 것처럼 느끼고 있었다.

나는 그녀가 떠난 후로는 그녀를 선명하게 떠올리기가 무척이나 어려웠다. 이미 1년이란 시간이 지났으니까. 이젠 예전처럼 밤이 되어도 그녀와 자주 말을 주고받지 않았다. 그보다는 혼자 조용히 독백하는 시간이 많아졌다.

그녀는 이제 내가 잠 못 들고 번민하며 괴로워하는 시간에도 나를 안아 주지 않았다. 나는 나의 몸 바로 위에서 그녀가 떠돌아다니는 것을 생생히 느끼고 있었다. 그녀의 낙원은 아주 가까이에 있는 것 같았다. 그녀는 마치 담배 연기처럼 내게서 뿜어져 나와 아주 가까운 곳에 머물다가 조용히 사라지곤 했다.

그녀는 내게 말을 걸지 않았다. 그저 묵묵히 나를 바라보며 머물러 있곤 했다. 내가 그녀에 대해 뭔가 말을 하려 할 때면, 그 말들이 내 목구멍을 압박해 왔다. 내 목에서는 어떠한 소리도 나오지 않았고, 눈 뒤에는 욱신거리는 통증만이 가득했다. 아직도 채 가시지 않은 너무 큰 슬픔 때문이었을까?

이따금 압델은 나를 데리고 묘지로 올라갔다. 그는 울퉁불퉁하게 경사진 땅을 통과하여 휠체어를 밀고 갔다. 무덤의 이름들은 차츰 지워져 가고 있었다. 금으로 새긴 빛나는 몇몇 대리석들은 최근에 죽은 사람들이 묻혀 있음을 암시하고 있었다. 내가 죽을 때까지 나는 베아트리스를 우리 곁에 붙잡아 두고 싶었기 때문에 즉시 그녀를 코르시카로 다시 데려갈 계획을 차근차근 세우기 시작했다.

그날 밤 나는 기도를 하기 위해 압델의 도움을 받아 교회에 갔다. 예배당 안에는 많지 않은 사람들이 모여 있었고, 그들이 만들어 내는 조용한 묵상과 기도 소리들이 밤에 생기를 더해 주었으며, 진한 관목의 향내가 안개처럼 대기를 떠돌고 있었다. 아주 아름다운 밤이었다.

래티티아는 이 묘지에서 가족회의를 준비했다. 모든 가족들이 거의 빠짐없이 모였다. 어린 아이들은 그녀의 무덤 주위에 쪼그리고 앉아 있었다. 올해로 열 살이 되는 발랑틴은 바람에 쓰러진 꽃병을 다시 일으켜 세우느라 무진 애를 쓰고 있었다. 나는 무덤 앞에 자리를 잡았다. 베아트리스의 모습이 희미하게 남아 있는 듯했다. 나는 사이프러스의 휘파람처럼 부드러운 소리 안에서 그녀를 느끼고 있었다. 그녀는 그렇게 내 주위에 머물다가 내가 언덕을 내려갈 즈음 조용히 사라졌다.

나는 꿈속에서 그녀를 보았다. 그녀는 벌써 여러 시간째 조용히 기도를 드리고 있었다. 그녀는 마치 고통에서 온전히 자유로워지기라도 한 것처럼 편안한 얼굴로 기도하고 있었다. 그녀의 기도는 나를 저 높은 곳을 향하여 잡아끌었다. 그녀가 나와 함께 있기에 나는 존재했다.

나의 순수한 감정들은 기묘한 그림자들로부터 왔다. 내가 나의 것으로 받아들이는 그녀의 고통들만이 여전히 내 안에 남아 있을 뿐이었다. 그녀의 부재는 나의 주위, 그 어디에서든 아주 선명하게 느껴졌다.

이따금 몇 주간씩이나 나는 침대 속에 파묻혀 시간을 보내곤 했다. 다른 일들은 모두 내버려 둔 채 살았다. 로베르 장이 내 옆에서 분주히 움직이고 있는 걸 깨닫게 될 때까지, 나에게 마실 것을 가져다 주려 애쓰는 래티티아를 알아보게 될 때까지, 나를 휠체어에 태우기 위해 기다리고 있는 압델의 모습을 인지할 수 있게 될 때까지 나는 모든 걸 포기한 채 살았다. 그 시간들이 지나고 베아트리스는 나를 다시 땅 위로 인도했다.

내가 의외로 쉽게 이 땅으로 돌아왔다는 사실에 나 스스로도 놀라고 있었다. 나는 나 자신의 웃음소리를 듣고 있었다. 나는 내 아이들이 자랑스러웠다. 이제 나는 두려움 없이 편안한 마음으로 베아트리스를 다시 만나게 될 것이었다.

휠체어를 타고 다시 하늘을 날다

어느 날 나는 내가 끔찍한 사고를 당했던 그 장소를 다시 찾아가 보기로 결심했다. 마치 사고를 일으킨 악귀를 몰아내기라도 하는 것처럼, 거기에서 휠체어를 타고 다시 하늘을 힘차게 날아 보기로 작정했다. 이 얼마나 무모하고도 황당한 짓이었던가! 그동안 나는 여러 번 이 계획을 실행에 옮기고 싶었지만 나의 경솔한 이기심이 모든 사람들을 불행의 나락으로 떨어뜨렸다는 죄책감 때문에 번번이 무산되곤 했었다.

나는 그 마지막 비행에 대한 괴로운 생각을 모두 떨쳐 내고 그야말로 자유로워지고 싶었다. 그러면서도 다른 한편으로는 나를 5천 또는 6천 미터의 고도로 인도하는 상승기류를 타고 하늘 높이 날고 싶은 열망으로 거의 미쳐 버릴 지경이었다. 나는 베아트리스가 머무는 하늘나라에서 가까운 그곳에서 큰 소리로 그녀에게 말을 걸 것이다. 내가 밤이면 밤마다 그녀와 나누곤 했던 달콤한 대화를 그곳에서 다시 나누고 싶었다.

나의 친구들은 돛이 스스로 속도를 내게 하고 나의 도착 속도를 줄여야만 할 때 자동으로 부풀게 하는 특별 좌석을 나를 위해 제작해 주었다. 나의 연결 부분의 뒤에 걸려 있는 이브가 닻줄을 쥐기로 했다. 내가 그에게 머리의 움직임으로 전달하고자 하는 지시 사항을 그가 충실히 따르기로 우리는 사전에 약속을 했다. 예를 들면 이런 식이었다.

"왼쪽으로 내가 머리를 움직이면 너는 지시된 각에 따라 돌리고, 머리를 밑으로 하면 너는 제동을 걸어. 머리를 높이 들면 제동을 늦추고……."

우리는 세 번에 걸쳐 꼼꼼하게 연습 비행을 했다. 모든 팀원들은 각자 자신의 역할을 잘 숙지하고 조금의 실수도 없도록 연습에 연습을 거듭했다. 팔 쪽으로 머리를 가볍게 기울이며 나는 이브에게 제동을 한 번 걸고 이륙하라는 신호를 보냈다. 나는 자신의 머리에 집중함으로써 과거의 비행 감각을 되찾았다. 그 나머지로는 아무 감각도 느끼지 못했다.

우리는 익숙해진 장소들을 넘어서 비행했다. 그러다가 어느 순간 이브는 내가 위험한 비행을 하고 있다고 소리쳤다. 우리는 숲에 너무 근접해 있었던 것이다. 하지만 나는 나무들의 꼭대기를 가볍게 스치면서도 별로 개의치 않았다. 우리는 거기에서 시작해 수 백 미터 높이에 있는 정점에 다시금 이를 수 있을 것이고, 알베르빌의 모든 계곡이 부풀어 오르는 모습을 볼 수 있을 것이다.

이브가 망설였다. 나는 그에게 따라오라고 신호를 보냈다. 그러고는 갑자기 상승했다. 잠깐 사이 우리는 수백 미터를 주파해 버렸다. 그러고는 순식간에 정점에 도달해 있었다. 우리는 다시 회전했다. 그야말로 기막힌 장관이었다! 우리는 고도를 다시 유지하려 시도했지만 상황이 여의치가 않았다. 우리는 다시 숲 위로 내려가기 시작했다. 새들의 뒤를 따르고, 바다 위에 떠 있는 범선들을 따라갔다. 하지만 이브는 이제 돌아가야만 한다고 긴급히 신호를 보내왔다. 우리가 비행을 시작한 지 한 시간 반쯤 지났을 무렵이었다. 나는 전혀 피로를 느끼지 않았다. 우리는 마지막 바위의 정상 지점을 지나고 있었다. 그러고는 작은 별장을 향해 서서히 나아갔다. 우리는 땅에서 그리 멀지 않은 상공을 지그재그로 비행하기도 했다. 이 얼마나 환상적인 일인가!

이브가 정면에서 불어오는 바람을 이용하여 착륙 축의 위치를 잡았다. 그런데 그때 갑자기 바람이 반대 방향으로 불기 시작했다. 이브는 시속 40킬로미터가 넘는 강풍에 고스란히 노출되어 있는 셈이었다. 안타깝게도 나는 그를 도와 줄 다리가 없었다. 우리는 쓰러지고 말았다. 내 얼굴이 제동장치 역할을 했다. 경작지로 수십 미터를 나아간 다음 우리는 잠깐 동안 몸을 움직이지 못하고 있었다. 그러나 잠시 후 우리는 다른 모든 친구들을 이겼다는 승리감에 취해 신나게 웃음을 터뜨렸다. 하지만 그 승리의 대가로 내 얼굴은 피투성이가 되어 있었다.

나는 그 일이 있은 후 몇 주 동안이나 그 거친 착륙의 흔적을 지닌 채 지내야 했지만 그런 것쯤은 아무 문제도 되지 않았다.

파리로 돌아온 뒤 나는 이따금 그 휠체어 사고를 떠올리며 빙그레 웃곤 했다. 래티티아를 제외하고는 어느 누구도 나의 무모함과 무책임을 탓하지 않았다.

"이럴 땐
다리 부분이 위로 오게 하면
안 된다고!"

베아트리스가 죽은 지 몇 달 후에야 나는 코르시카에 갔다. 그녀가 그토록 좋아했던 장소, 산들이 빙 둘러 있는 망루에 섰다. 내 방의 창들은 갈기갈기 찢겨져 있었다. 내 머리에는 미광이 자리 잡고 있었다. 어제 나는 몇 단어를 구술하기 시작했다. 하지만 녹음기에는 아무것도 녹음되지 않았다. 선글라스를 쓴 채 극도의 피로와 슬픔과 체념 때문에 울고 있었다.

사촌형제 눈이 왔다. 그는 나를 웃게 해 주려 애를 쓰면서 얼마 전에 내가 새롭게 개발한 휠체어 비행법에 대해 이야기하게 하려고 시도했다. 하지만 나는 그의 얘기가 도통 귀에 들어오지 않았고 좀처럼 슬픔에서 벗어나지 못하고 있었다. 눈이 욱신거리며 아파왔다. 그러다가 언뜻 잠이 들었다. 극심한 한기가 산에서 내려와 나를 깨웠다.

종이 울렸다. 이웃 암소의 방울소리였다. 나는 사람을 불렀다. 정원지기 프랑수아즈가 고래고래 소리를 지르며 다가왔다. 나는 그녀에게 함께 사진을 보자고 말했다. 그녀와 나는 추억과 행복의 증거물인 사진들을 보며 두런두런 이야기를 나누었다.

"나도 알아요, 프랑수아즈! 당신이 하나밖에 없는 아들이 죽고 난 후 여기에 정착한 지 벌써 20년이 다 되어 간다는 걸요. 당신이 무슨 말을 하고 싶어 하는지 잘 알고 있어요. 그것이 당신의 최후의 수단이었다는 것도요.

코르시카 산에서의 고독, 나는 그 모든 것을 고통스럽게 생각해요. 복숭아씨와 알코올, 이 지방의 포도로 당신이 만든 와인을 한 병 가져왔죠. 우리는 베아트리스와 무척 즐거웠고요.

그날 저녁 나는 그녀에게 씨앗들의 쓴맛에 대해 알려주었지요. 우리는 함께 계곡을 바라보았어요. 말똥가리 두 마리가 지평선에서 선회하고 있었고, 그러다가 높이 날아 올라갔죠. 암소 소리도 멈추었어요. 저녁의 평화가 깃들었지요. 샘물이 흐르고 희미한 빛이 찾아들었어요. 아래로 수백 미터를 가면 내가 아주 자랑스럽게 생각하는 가문의 묘지가 있어요. 나는 우리가 우리의 영원을 보내게 될 곳이 어디인지를 아는 것은 좋은 일이라고 말하곤 했지요."

마음의 고동소리가 내 머리를 채우고 있었다. 그것은 견디기 힘든 일이었다. 나는 20배는 더 긴장을 했다. 땀을 흠뻑 뒤집어썼다. 더 이상 내가 무엇을 가지고 있는지 알 수 없었다. 나는 더 이상 고통을 느끼지 않으며 베아트리스에 대해 이야기할 수 있게 되기를, 산의 조용함 속에서 잠들 수 있기를 마음속으로 빌었다. 고함소리는 계속 되었다. 셀린은 내가 움직이고 있는 휠체어의 발치에 앉아 있었다. 그녀는 내가 좋아하는 소설을 읽어 주겠다고 제안했다. 경련을 하면서도 나는 랭보, 베를렌, 롱펠로우가 나오는 몇 페이지는 알아듣는 데 성공했다. 우리에게 일어나는 그 모든 일 속에 우연이란 얼마나 많은 자리를 차지하고 있을까!

나는 눈을 감았고, 셀린은 여전히 내 옆에 머물러 있었다. 그녀는 대중소설을 다시 읽기 시작했다. 나는 눈을 감은 채로 가만히 있었다. 잠을 자고 싶었다. 하지만 아무리 눈을 감고 오래 있어도 잠이 오지 않고 정신이 더 말똥말똥해지고 있었다. 압델이 내게 수면제를 가져다 주었다.

나는 밖에서 들려오는 시끄러운 소리에 잠에서 깼다. 도무지 잠이 오지 않을 것 같더니 압델이 준 수면제를 먹고 어느새 잠이 들었던 모양이다. 잠에서 깨어나면서 나는 조금씩 집에서 나는 소리들을 분간해 냈다. 아이들이 놀고 있었다. 한동안 내가 잊고 있던 소리들이었다. 내게서 저만치 멀어져 있던 세상이 갑자기 내게 확 다가오는 느낌이었다.

압델이 침대로 나를 옮겨 주었다. 그는 휠체어 조종이 무척이나 서

틀렸다. 휠체어에 앉아서 뒤쪽으로 가고 있다는 것을 나는 느꼈다. 불현듯 나는 마지막을 향해 떠날게 될까 봐 두려워졌다. 내 몸엔 머리 이외의 모든 감각이 사라져 버렸다. 그리고 내겐 스스로 머리를 보호할 수 있는 아무런 수단도 없었다. 압델은 충격을 완화하기 위해 애를 썼다. 내 사촌 눈은 늘 그랬듯 기분 좋게 그를 도와주러 왔다. 눈은 의자에 걸려 있는 내 다리와 등을 대고 누운 나를 바라보며 말했다.

"이럴 땐 다리 부분이 위로 오게 하면 안 된다고!"

압델은 나를 일으키기 위해 새로운 방법을 시도하기 시작했다. 나는 속으로, 차라리 그가 더 이상 아무 짓도 하지 않는 게 나을지도 모른다고 생각하고 있었다. 그는 어깨 아래로 팔을 내렸다가 위로 올리면서 까칠까칠한 깁스를 벽에 걸었다. 내 손가락들 중 두 손가락이 잘 익은 석류 알처럼 빠져 나왔다. 그리고 진짜 석류 알처럼 빨간 피가 흘렀다. 그럼에도 불구하고 나는 아무런 감각도 느낄 수가 없었다. 아프지도 않았다. 나는 울었다. 아파서가 아니라 슬퍼서 울었다. 나는 더 이상 내가 아니었다. 나의 몸은 철저히 붕괴되어 있었다. 나는 스스로 할 수 있는 게 아무것도 없었다.

베아트리스와 대화를 하고 싶었다. 하지만 그럴 수가 없었다. 깊은 번민과 고뇌가 나를 뒤덮고 있었기 때문이었다. 나는 더 이상 이승의 삶을 원하지 않았다. 이 땅을 떠나 베아트리스의 곁으로 가고 싶었다. 나는 이 침대에서 혼자 외로이 죽음을 맞게 될 것이었다. 그러나 나는 지금 당장 떠나고 싶지는 않았다. 머리에 다시 심한 압박감이 느껴졌다. 압축된 호흡을 조절했다. 나는 폐 속에 축적되는 공기를 내뿜기 위해 안간힘을 썼다.

압델이 내게 옷을 입혀 주었다. 나는 그에게 생가의 보리수 아래로 데려다 달라고 부탁했다. 그 풍경을 둘러싸고 있는 두 그루의 아카시아 나무가 3년 전 화재 후 다시 꽃을 피우고 있었다. 저 멀리서 이따금 망치 소리가 울려왔다. 노동자들이 성을 복원하기 위한 공사 현장에서 일하고 있었다.

한 세기 동안 그 성은 바닷바람의 영향으로 시나브로 풍화되었다. 1978년에 그 지붕이 마지막으로 불타기까지 화재는 몇 번이나 그 성을 날름거렸다. 백여 명의 소방대원들이 성을 구하기 위해 지옥의 괴물 같은 불길과 싸웠지만 역부족이었다. 소방대원 3명이 순식간에 불길에 휩싸였다. 그들 중 가장 나이가 어린 사람은 겁에 질려 도망쳐 버렸고, 경험이 많은 두 사람은 위험을 무릅쓰고 그 속으로 더 깊이 들어갔다. 그 젊은이는 정신없이 뛰어가다가 뭔가에 걸려 넘어지고 말았는데, 사냥감을 노리고 있던 맹수처럼 불길이 순식간에 그를 덮쳐 불에 타 죽고 말았다. 그가 죽은 자리는 내가 있던 장소에서 백 미터도 채 떨어지지 않은 곳이었다.

불길 속으로 용감하게 뛰어든 경험 많은 두 소방대원들은 어떻게 되었을까? 그들은 기적적으로 목숨을 건졌다. 살고자 하면 죽고 죽고자 하면 산다! 이것은 변치 않는 우주의 법칙 같은 것일까, 아니면 영원히 해결되지 않는 궁극의 딜레마일까?

꿈과 곧잘 뒤섞이곤 하는 나의 기억은 또다시 사고를 당하기 이전의 어느 시점을 헤매고 있었다.

저 멀리 군용 헬기가 지나가고 있었다. 몇 년 전, 그 끔찍한 패러글라이딩 사고를 당했을 때 나를 후송하기 위해 날아왔던 헬기와 같은 종류로 보였다. 나의 가족은 해변에 소풍을 나가 있었다. 나는 패러글라이딩으로 성 바로 위에 있는 고지를 출발하여 그들과 만나기로 되어 있었다. 나는 그곳의 지형을 속속들이 알고 있지는 못했다. 나는 저 멀리 한 지점을 바라보았다. 그리고 해변에 무사히 착륙하기 위해 필요한 각도, 바람의 방향과 세기 등을 가늠하며 새처럼 멋지게 날아오르는 내 모습을 잠시 상상해 보았다. 그런 다음 심호흡을 크게 한 번 하고 앞을 향해 달려 나갔다.

잠시 후 패러글라이더가 펼쳐지고 나의 몸은 푸른 하늘을 날고 있었다. 나는 멧돼지 한 마리가 불과 몇 분 전에 지나간 것으로 보이는 흔적을 내려다보며 점점 하늘로 솟아올랐다. 다음 정상을 지나면 곧 멧돼지를 따라잡을 수 있으리라 나는 판단하고 있었다. 애초 각도를 잘못 잡았던 것일까?

한 시간 남짓 고통스럽게 비행을 한 뒤에야 나는 내 글라이더가 내가 가족들과 만나기로 약속되어 있던 그 해변을 향하고 있지 않다는 것을 깨닫게 되었다. 갑자기 뾰족한 산봉우리가 눈앞에 나타났다.

약속장소로 가거나 애초 출발했던 곳으로 되돌아가기에는 이미 너무 늦어 있었다. 나는 어느 널찍한 바위 위에 착륙하여 패러글라이딩 속에 몸을 웅크린 채 아직은 한기가 느껴지는 이 숲속에서 밤을 보낼 수밖에 없었다.

베아트리체는 약속된 시간이 한참 지나도 내가 나타나지 않자 곧바로 경찰에 신고를 한 모양이었다.

"그러니까, 아주머니의 아들 나이가 어떻게 되는데요?"

"그게 아니라, 제 남편이라니까요!"

"아, 그렇습니까? 그러니까 아주머니 남편 분이 낮에 패러글라이더를 타고 나가서 지금 이 새벽시간까지 돌아오지 않고 있다는 말씀이죠?"

그녀는 실종신고를 하고 즉각 나를 찾아달라고 애원했다. 하지만 그들은 아침 여섯 시가 되기 전에는 움직일 수 없다고, 여섯 시가 되면 다시 전화하라고 했다. 그녀는 결국 그 말에 따를 수밖에 없었고, 그들은 나를 구조하기 위해 내가 패러글라이더를 이불 삼아 밤을 보낸 그 산 바위 위로 헬기를 보내왔다.

헬기는 즉각 나를 병원으로 실어 날랐고, 나는 응급실로 옮겨져 진료를 받았다. 그러나 내 몸엔 별다른 이상이 없었다. 나는 아무런 골절도 입지 않았으며, 팔뚝과 종아리에 생긴 상처들은 그야말로 가벼운 찰과상 수준이었다. 매우 친절하게도 헬기로 나를 병원까지 후송해 준 사람들은 내가 진료를 마칠 때까지 기다렸다가 집까지 데려다

주었다.

집에 도착하자마자 나는 재빨리 샤워를 하고, 옷을 갈아입고, 넥타이를 매고, 그룹 회장과의 회의에 참석하기 위해 파리로 달려갔다. 전날 밤 불시에 겪어야 했던 악몽 같은 일로 거의 탈진 상태가 된 베아트리스가 내가 하는 양을 물끄러미 지켜보고 있었다.

"내일 봐, 여보!"

내가 활짝 웃으며 그녀를 안아 주었을 때 그녀는 잠깐 동안이지만 기가 막혀 말을 잇지 못하고 있었다.

늦은 밤, 방에 누워서 나는 요리 준비로 인한 메스꺼운 냄새를 인식하고 있었다. 우리는 내일 산에서 40여 명의 코르시카인들을 맞이하게 될 것이었다. 포조 가의 주인으로서 내가 직접 사람들을 초대하지 않은 지는 이미 오래 되었다.

벌써 몇 년 전부터 압델이 그 모든 책임을 도맡아 왔다. 그는 저녁 메인 요리로 양고기를 준비할 것이라고 했다. 오후가 되자 그는 파티에서 사용할 양을 고르기 위해 이웃 목장으로 내려갔다. 야윈 양떼들 무리에서 그는 몇 번이나 양을 잡았다가 놓치고 발길에 채이고 한 끝에 35킬로그램짜리 통통한 암컷을 한 마리 잡아왔다. 그는 녀석을 차에 싣고 집으로 돌아왔다. 짐승의 발 세 개는 끈으로 꽁꽁 결박되어 있었고, 나머지 발 하나는 묶여 있지 않은 상태였다.

그는 칼을 찾으러 주방으로 갔다. 나는 그곳에 머물러 있고 싶지 않았다. 정확히 왜 그랬는지 모르겠지만 불현듯 베아트리스가 생각났기 때문이었던 것 같다. 나는 양 무리 속에서 그녀를 보았다. 그리고 내 모습도 보였다. 그녀는 죽었고, 나는 마비되어 있었다. 양은 네 발로 땅 위를 기어가려 애썼지만 같은 자리를 빙빙 돌 뿐이었다. 나는 얼마나 자주 마비에서 벗어나 자유롭게 걸어 다니는 꿈을 꾸었던가? 침대에서 베아트리스와 사랑을 나누기 위해 그녀를 번쩍 안아 올리곤 하던 건강하던 시절의 내 모습을 병상에 누워 얼마나 자주 간절히 꿈꾸었던가! 15년이 넘는 투병 기간 동안 베아트리스의 주치의들은 끊임없이 그녀를 괴롭혔다. 그러나 그녀는 아무도 원망하지 않고 그 기나긴 고통의 시간들을 잘 견디어 냈다.

손으로 경동맥을 짚어 본 뒤 압델은 단칼에 양의 목을 땄다. 선명한 붉은색 피가 신선한 주스처럼 양의 목에서 공중으로 솟구쳤다. 갑자기 그 마지막 날들의 베아트리스의 숨결이 느껴졌다. 의사들은 내가 생각했던 것보다 훨씬 오래 전에 이미 그녀를 죽인 셈이었다. 그녀에겐 단속적인 호흡만 남아 있을 뿐이었다. 눈은 이미 감겨 있었고, 사지는 더 이상 움직이지 않았다. 그러고는 잠시 후 영원한 휴식이 찾아왔다.

압델은 내게 이 짐승이 일 분쯤 지나면 마지막으로 한 번 움찔할 것이라고 알려주었다. 묶여 있지 않은 발 하나가 파르르 떨렸다. 압델은 양이 마침내 죽은 것을 확인하고는 다른 세 개의 다리를 묶었던 매듭을 풀었다. 그런 다음 그는 밧줄을 가지고 녀석을 저수조 꼭

대기에 매달아 두었다. 그는 가족 사진을 찍기 위해 프랑수아즈를 불렀다. 우리는 샘가의 보리수 아래에 자리를 잡고 포즈를 취했다. 프랑수아즈가 압델과 양, 그리고 나의 모습을 카메라에 담았다.

압델은 프랑수아즈에게 가는 끈을 좀 갖다 달라고 부탁했다. 그런 다음 벌어져 있는 양의 넓적다리를 오므려 끈으로 묶고 몽둥이로 때리기 시작했다. 그 무딘 소리는 망루 위에 넓게 울려 퍼졌다. 나는 그 광경이 너무도 끔찍하고 혐오스러웠다. 짐승을 처리하느라 피곤해진 압델은 이마에 흐르는 땀을 한 번 닦고 잠시 쉰 다음 칼을 들고 천천히 그 짐승을 자르기 시작했다. 그의 솜씨는 워낙 탁월해서 10분도 채 안 되어 짐승의 껍질이 모두 벗겨졌다. 이제는 그것을 치우고 여기저기 흩어져 있는 자투리 고기를 모으는 일만 남아 있었다. 그날 저녁은 그 메스꺼운 냄새가 내 방 가득 퍼져 있었다.

"압델, 슈베르트 음악 좀 틀어 주게"

3일 전부터 나는 똑같은 자세로 눈을 감고 누워 있었다. 더 이상 고통은 느껴지지 않았다. 나는 멀리서 규칙적으로 들려오는 망치 소리에 귀를 기울이고 있었다. 오전 7시경에 나는 압델을 불렀다. 그는 오뚝이처럼 자동으로 일어났다. 3일 전부터 그는 잠을 거의 자지 않고 있었다.

"압델, 슈베르트 음악 좀 틀어 주게 ."

나는 숨을 쉬기가 어려웠다. 하지만 무슨 상관인가! 이젠 아프지도 않은데……. 압델은 나에게 아침을 갖다 주었다.

"압델, 시편 좀 읽어 주겠나."

하나님은 선하시다. 그분은 고통당하는 이들을 평화의 길로 인도하신다. 하지만 나는 솔직히 잘 모르겠다. 그분은 전지전능하지만 나는 무기력하다. 내 혼자 힘으로 할 수 있는 것은 그야말로 아무것도 없다. 나는 벌써 수십 번이나 압델이 읽어 주는 시편을 들어서 거의 암송할 수도 있을 정도지만 그 뜻을 명확히 이해할 수는 없었다.

목요일 저녁, 축제가 시작되었다. 우리는 저녁을 먹고 난 뒤 아라트의 가수들의 노래를 듣기 위해 널찍한 당직실에 모였다. 아랍인들의 독특한 음색, 여성들의 하이 톤의 목소리들, 그리고 상당히 낮은 음의 남자 목소리들이 한데 어우러져 묘한 화모니를 빚어 내고 있었다. 나는 피곤했지만 그 방을 떠날 수가 없었다. 그들이 나를 위해, 그리고 베아트리스를 위해 노래를 부르고 있었기 때문이었다. 나는 그들에게 성모 마리아의 고통을 노래한 〈살베 레지나Salve Regina〉를 불러 달라고 부탁했다. 그들의 목소리가 높아지고, 나는 몸을 웅크렸다. 베아트리스는 그 노래를 특별히 좋아했었다.

그들은 나를 쳐다보면서 왼손을 귀에 대고 노래를 불렀다. 나는 갑자기 요동치는 감정을 주체할 수가 없었다. 그들이 왁자지껄 떠들며 자리를 뜨고 나자 갑자기 내겐 삶의 의욕도 사라지고 외로움만이 남아 있었다. 나는 한동안 아무 말도 하지 않았고, 내 귀엔 아무것도 들리지 않았다. 늦은 밤, 압델이 나를 안아다가 자리에 눕혀 주었다. 나는 갑자기 몸에 고열이 나면서 끙끙 신음을 했다. 그날 밤 나는 거의 한숨도 눈을 부칠 수가 없었다.

열흘 전 코르시카에 온 뒤 처음으로 나는 아이들과 해변에 가기로 약속했다. 사촌 바르바라와 그녀의 남편 필립, 그리고 여섯 명의 아이들과 함께 그들이 잘 아는 장소에 갔다. 그곳은 30년 전부터 그들이 불법 점거하고 있는 작은 만이라고 했다.

나는 해변에서 아이들과 함께 천진난만하게 뛰어 놀고 있는 압델을 바라보았다. 래티티아는 뜨거운 태양에 노출되어 있었다. 그녀는 윤기 나는 검은색 머리카락과 눈처럼 흰 피부를 가졌다. 그녀는 어느새 완숙한 여인이 다 되어 있었다. 바르바라의 애완견이 물에서 나오면서 몸을 부르르 떨고 있었다.

우리는 그날 저녁 카포 디 페노의 드넓은 해변에서 그들과 다시 만나기로 되어 있었다. 압델은 소형 자동차에 나를 태워 이동했다. 로베르 장은 커브 길에서 내 몸이 균형을 잃을 때 붙잡아 주기 위해 내 뒤에 탔다.

우리는 근사한 해변 위에 지어진 피에르투의 작은 별장에서 그들과 다시 합류할 수 있었다. 그들은 나를 데리고 모래사장을 통과한 뒤 식탁 끝자리에 앉혀 주었다. 아이들은 모두 벌거벗은 채 바다에서 신나게 수영을 즐기고 있었다. 나는 바위에 부서지는 파도들의 물결을 무기력하게 바라보았다.

밤이 되자 나는 휠체어에 앉았다. 몇몇 젊은 여인들이 미소를 지으며 내게 인사를 건네 왔다. 나는 야자나무 아래에 펼쳐 놓은 긴 탁자에 아이들이 둘러앉을 때까지 숨을 고르느라 애쓰고 있었다. 필립이 손에 뭔가를 들고 왔다. 그것은 그날 오후에 그가 우리를 위해 낚시로 잡은 여러 마리의 낙지였다. 우리는 그것을 스파게티로 만들어 먹을 것이었다. 그리고 그 음식에 이 고장에서 생산된 포도로 만든 약간의 포도주를 곁들일 것이었다. 아이들은 배가 터지도록 신나게 스파게티를 먹었다. 어린 프랑수아는 특히나 게걸스럽게 먹어 댔다. 그는 참으로 식욕이 왕성한 아이였다.

나는 그에게 그의 아버지와 나 사이에 앉으라고 신호를 보냈다. 열일곱 살인 바르바라의 딸 마리는 말을 무척이나 상스럽게 했다. 가장 막내인 티투는 둥근 눈의 아이였다. 조세핀은 로베르 장이 사랑하는 사람이었다. 아이들은 유리로 된 작은 나팔을 사기 위해 자리에서 일어나 밤의 어둠 속으로 사라졌다.

베아트리스와 함께 우리는 이곳에 얼마나 자주 왔었던가! 우리는 여기에서 단둘이 달콤한 밤을 보내곤 했었다. 그녀는 무척이나 행복해했었다. 이따금 우리는 출렁이는 파도가 우리의 얼굴에 끼얹어 주는 미지근한 물 때문에 화들짝 놀라 잠에서 깨어나기도 했었다.

자정 무렵, 문득 한기가 나를 엄습해 왔다. 나는 압델에게 돌아가자는 신호를 보냈다. 나는 정신을 차리고 있었지만 갑자기 격렬한 고통이 찾아왔다. 묵직하고 조금은 기계적인 고통, 그것은 바로 '방광 폐쇄'의 고통이었다. 소변은 허리 쪽을 지나가다가 갑자기 극심한 교통체증으로 오도 가도 못하는 신세가 된 자동차처럼 딜레마에 빠져 버렸다. 그러다가 급기야 엄청난 압력으로 위로 솟구쳐 오르는 듯 내 머리에 격렬한 통증을 유발했다.

이것은 참으로 몹쓸 짓이었다. 베아트리스가 3일 만에 세상을 떠난 이유도 바로 이와 비슷한 이유에서였다. 나는 한동안 힘겹게 버티며 참다가 결국 포기한 채 내버려두기로 했다. 나는 짐승처럼 속으로 울부짖었다. 머리가 터질 것만 같고, 내 눈엔 더 이상 아무것도 보이지 않았다. 숨이 막혀 질식해 버릴 것만 같았다. 압델은 세 시간 동안이나 내 복잡한 장비들과 씨름을 했다. 혈압이 30에서 12까지 곤두박질쳤다.

압델은 내 몸 안의 불결한 것들을 성공적으로 배출시키기 위해 밤을 꼬박 새웠다. 아침에 나는 땀을 많이 흘렸는데, 그 바람에 침대가 흠뻑 젖어 버렸다. 스멀스멀 고통이 다시 살아나기 시작했다. 나는 베아트리스를 다시 만나고 싶었다. 압델이 구급차를 불렀다. 하지만 마땅히 해결책이 없었다. 위기가 찾아올 때 묵묵히 기다리며 고통을 인내하고, 순리를 거스르려 하지 않고, 그저 맡겨 두는 길밖에 달리 도리가 없었다.

주말에는 병원에 근무하는 의사라곤 단 한 명밖에 없었다. 그래서 병원은 무척이나 혼잡스러웠지만 간호사들은 나를 무척이나 반갑게 맞아 주었다. 언젠가 그녀들은 우리 성에 초대되어 식사를 대접 받은 일이 있었기 때문이었다. 의사는 내게 수술을 권했고, 압델은 단호히 거부했다. 그들은 나를 지켜보고 있었다. 나는 쉴 새 없이 닭똥 같은 땀방울을 뚝뚝 흘리고 있었다.

수술을 배제한 채 달리 조치를 취할 방법이 없어지자 의사는 나를 구급차에 태워 산으로 돌려보냈다. 압델이 나를 자리에 눕혔다. 그 밤은 참으로 끔찍했다. 다음 날 아침 우리는 병원에 다시 가야 할지 말아야 할지 몇 번이나 망설이고 있었다. 그러다가 결국 압델은 구급차를 부르기도 결정했다. 나는 여전히 많은 양의 땀을 흘리고 있었지만 반나절은 족히 참아 낼 수 있었다.

그러는 동안 나의 누이 알렉상드라가 그녀의 아들과 함께 나를 찾아왔다. 나는 그녀를 제대로 환대해 주지도 못한 채 자리에 누워 끙끙대고 있어야 했다. 새벽 두 시에 다시 찾아온 공격은 매우 격렬했다. 죽은 아이를 출산하는 여인의 고통과 같은 그런 극한의 고통을 이제까지 나는 단 한 번도 경험해 본 적이 없었다. 이대로 내 상태가 지속된다면 차라리 당장 죽는 것이 낫겠다 싶을 만큼 참담한 고통이었다. 나는 짐승처럼 울부짖고 있었다.

알렉상드라가 망루 꼭대기에 위치한 래티티아의 방에서 그녀와 함께 오열하고 있었다. 압델은 문 밖에 서서 어찌할 바를 모르고 있었다. 왜냐하면 그는 래티티아의 방에 들어가는 것이 엄격히 금지되어 있었기 때문이다. 그는 문제를 해결하기 위해 분주히 움직였다.

한 시간쯤 후 나는 가까스로 고통에서 해방될 수 있었다. 온몸이 사시나무처럼 떨려 왔다. 더 이상 입을 다물고 있을 수가 없었다. 압델은 내심 걱정을 하고 있었고, 나는 아무 말도 할 수가 없었다. 나는 이 지독한 떨림을 진정시키기 위해 입을 깨물어 보려고 애를 썼다. 호흡은 가빠지고 고르지 못했다. 몸의 떨림이 잦아드는 데만도 족히 몇 시간은 걸렸다.

그다음 날 아침 압델은 내가 잠자도록 그냥 내버려 두었다. 1시경에 우리의 사촌 바스티아가 예정된 대로 도착했다. 나는 압델에게 휠체어에 앉혀 달라고 부탁했다.

나는 멀찍이서 그들과 대화를 했다. 알렉상드라가 우리의 말을 조용히 듣고 있었다. 그나마 그런 식의 대화가 바퀴 달린 이 몹쓸 안락의자에서 내가 쉴 수 있게 해 주는 거의 유일한 매개체였다. 머리에는 모자를 쓰고 검은 안경에 두건이 달린 긴소매의 옷을 입은 채로 말이다. 고개를 돌리자 모자 아래로 굵은 땀방울이 뚝뚝 떨어졌다. 앙투안의 아내 엘렌이 그 모습을 주의 깊게 지켜보고 있었다. 그럼에도 나는 모처럼 얻게 된 친구들과의 소중한 시간을 빼앗기고 싶지 않아 아무렇지 않은 척 버티고 있었다.

엘렌은 가늘고 긴 목을 가진 예쁘장하고 섬세한 여자였다. 수년 전에 그녀는 골수 이식수술을 받고 암을 고쳤다. 그녀는 용기와 연민으로 베아트리스의 마지막 날들을 함께했다. 그녀는 자신의 심오한 눈으로 세상을 바라보았다. 그녀는 아름답고 조용했다. 그녀의 남편은 프랑수아즈가 준비한 코르시카 산 멧돼지의 맛을 음미하면서 상황을 분석하곤 했다.

나는 석공을 기다리고 있었다. 베아트리스의 무덤에 임시로 세워 둔 평석을 코르시카의 장밋빛 대리석으로 교체하려는 것이었다. 작고 건조한 머리에 다갈색 긴 수염을 가진 발랄한 성격의 석공이 왔다. 그는 무덤의 비석 일을 한 지 무려 28년이나 된 베테랑이라고 했다. 성실하면서도 시원시원한 그의 성격이 나는 퍽 마음에 들었다. 그에 따르면, 그가 처음 이 일을 시작할 무렵만 해도 실력이 출중한 석공이 무려 50명이나 되었다고 한다. 그러나 지금은 그가 코르시카의 마지막 석공으로 남아 있다고 했다. 그는 그 사실에 꽤나 자부심을 갖고 있었지만, 자신의 아들에게 그 노하우를 전수하지는 않을 거라고 이야기했다.

“석공으로는 미래가 없는 걸요.”

나를 두고 세상을 떠난 고양이
파 디에즈

여름의 열기가 파리를 뒤덮었다. 몸의 발열이 심해져서 견디기가 힘들었다. 체온이 40도까지 올라갔다. 얼굴이 마치 불에 덴 듯 뜨거웠고, 여기저기 물집이 생겼다. 내 머리카락은 빵 껍질처럼 딱딱해졌다. 마치 발목만 허공에 떠도는 듯 발이 바닥에 닿지 않았다. 래티티아가 내가 누워 있는 침대로 다가와 앉아서는 자신의 휴가 계획에 대해 이야기했다. 나는 그녀에게 어린 동생을 책임지고 데려가 달라고 부탁했다. 병원에 입원 예약이 돼 있었기 때문에 그녀와 함께 여행을 떠날 수가 없었다.

래티티아는 베아트리스가 늘 그랬던 것처럼 반응했다. 그녀는 나의 친구들에게 내 소식을 전해 주었다. 그러자 그들이 찾아와 생 장 드 말트 센터로 나를 옮겨 주었다. 나는 파리 중심가에 있는 중증 장애인을 위한 센터의 건립에 참여했다. 책임자인 마리 오딜은 이 기구의 설립 절차를 마지막으로 마무리하고 있었다. 나는 많은 선천적 장애인들에 의해 둘러싸인 채 마리 오딜과 함께 점심식사를 했다. 나는 이토록 비참함을 타고난 사람들이 많다는 사실에 짐짓 놀라고 있었다.

마리 오딜은 방과 욕실, 작은 부엌이 딸린 아파트에 내가 편안히 머물 수 있도록 조치해 주었다. 일 층에 있는 이 방은 나무가 듬성듬성한, 포석이 깔린 안뜰을 향해 있었다. 이곳의 모든 거주자들은 각자 자신의 소형 아파트를 소유한 셈이었다. 그들은 심지어 원한다면 가족과 함께 생활할 수도 있었다.

이곳에서도 고통은 계속되었다. 나는 아픈 몸을 이끌고 거주자들의 식사 자리에 함께했다. 나는 식사를 하지는 않았지만 그들과 함께 머물러 있었다. 장 폴은 사지 마비 환자로 나와 동갑이었는데, 나처럼 얼굴이 알레르기로 부풀어 올라 있었다.

아르망은 혼자 힘으로 걸을 수 있었다. 어느 날 나는 그가 풀장에서 수영을 하는 모습도 보았다. 그의 수영 실력은 그런대로 봐 줄 만한 편이었다. 하지만 그런 그에게도 분명 뭔가 문제는 있었다. 그는 식사 때마다 쇠고기 슬라이스를 다섯 개나 먹었는데, 알코올 중독자처럼 연신 손을 떨고 있었다. 그는 장 마르크와는 각별한 우정의 관계를 맺고 있었다. 결혼과 더불어 두 아이의 아버지이기도 한 그는 스물여덟 살의 마르티니케 출신 젊은이였다. 당시 그는 사고를 당한

지 얼마 되지 않았을 때였다. 하지만 그의 눈은 여전히 낙천성을 잃지 않고 있음을 드러내 보여 주고 있었다. 그는 우리를 자주 웃게 해 주었으며 격려해 주었다. 숙소에 자신의 아내와 아이들을 불러 함께 생활하고 있는 사람으로는 그가 유일했다.

에릭은 원장에게 제출할 생활계획서를 작성했다. 언젠가 그는 내게 자신의 고민을 털어 놓았는데, 무척이나 고심한 듯한 말투로 장시간에 걸쳐 자신의 뇌신경 장애에 대해 이야기했다. 가끔 그는 죽고 싶을 때가 있다고 말했다. 하지만 그의 아버지와 세 형제들이 그에게 자살할 권리가 없다며 강하게 만류했기 때문에 차마 시도하지는 못하고 있다고 했다.

미셸은 무기력해 보이는 거인이었는데, 그는 시력이 좋지 않았다. 에릭과 미셸은 서로를 무척이나 싫어했다. 아마도 두 사람이 같은 여자를 사랑하기 때문이었던 것 같다. 오그라든 팔에도 불구하고 에릭은 빵을 차지하기 위해 미셸을 능숙하게 위협하곤 했다. 그러면 미셸은 조용히, 그리고 아주 천천히 자신의 커다란 팔을 내밀었다.

바이유는 자신의 전동 휠체어에 설치한 널빤지에 매달린 듯한 포즈로 이동하곤 했다. 그는 오른쪽 집게손가락을 이용하여 대략 일분간격으로 기울기를 조정했다. 그는 몸 안에 칼슘이 번져서 시나브로 돌덩이가 되어 가는 존재라고 다른 사람에 대해 말하듯 장난스럽게 자신의 상태를 설명하곤 했다. 칼슘에 의해 완전히 침범당하는 순간을 조금이라도 지연시키기 위해 그는 자신의 몸을 오렌지 병처럼 흔들어 대곤 했다. 그런 상황에서도 그는 불평 한 번 하는 일이 없었다.

나와 같은 사지 마비 환자인 카롱은 바이유와는 반대로 늘 자신의 고통을 호소하며 투덜댔다. 어느 날 그는 자신의 상태에 극도로 불안을 느낀 나머지 가르슈 병원으로 옮겨 달라고 요구했다. 그는 자신의 요구대로 한동안 그 병원에 가 있다가 돌아왔는데, 공교롭게도 이곳으로 돌아온 당일 아침에 죽고 말았다.

우리는 몸에 덮개를 덮어 들것에 실려 나가는 그를 보고 있었다. 어떤 사람이 쇠고기를 먹고 있다가, 카롱이 죽은 게 분명하다고 말했다. 그렇지 않으면 저렇게 사람을 덮개로 덮어 놓지는 않는다는 것이 그의 설명이었다. 그러자 이제 더 이상 고통을 겪지 않아도 되기 때문에 오히려 그에게 잘된 일이라고 주위에 있던 누군가가 말했다.

고양이가 병으로 죽었다. 파 디에즈('땅에서 더 가까운'이란 뜻), 녀석의 이름은 파 디에즈였다. 며칠 전부터 녀석은 더 이상 아무것도 먹으려고 하지 않았다. 몸이 쇠약해질 대로 쇠약해진 녀석은 침대 위로 올라갈 힘조차 없는 듯했다.

나는 복도에 웅크리고 앉아 있는 녀석을 내 방 유리창을 통해 물끄러미 바라보곤 했다. 녀석은 고개 한 번 들지 않고 계속 야옹거리고만 있었다. 녀석이 고개를 든 건 딱 한 번, 나의 부탁으로 압델이 부드러운 참치를 가져다 주었을 때뿐이었다.

래티티아가 수의사를 불렀다. 진료를 마친 수의사는 아무 말 없이 고개를 가로저었다. 더 이상 희망이 없다는 뜻이었다. 압델은 이제 그만 녀석을 보내 주자고 말했다. 나는 그 말에 동의를 표할 수밖에 없었다.

압델은 고양이를 데리고 와서 나와 함께 마지막 밤을 보내게 해 주었다 그다음 날 녀석은 죽었다. 나의 무수한 고질적인 불면의 밤들을 함께 보내곤 했던 고양이 파 디에즈가 베아트리스처럼 나를 두고 세상을 떠나 버린 것이었다. 나의 애완 고양이이자 절친한 친구였던 파 디에즈가 세상을 등진 이후 고독이 더 자주 찾아와 나를 괴롭혔다. 나의 미래를 가장 암울하게 만드는 것은 바로 그 고독이라는 놈이었다.

3일 전부터 나는 자리에 누워 지냈는데, 몸이 불덩어리처럼 뜨거웠다. 파리에 뇌우가 퍼부었다. 그런데도 나를 시원하게 해 줄 물은 단 한 방울도 없는 듯했다. 압델은 장갑처럼 된 목욕용 수건을 가지고 내 이마와 눈을 시원하게 해 주려고 무진 애를 썼다.

나는 자리에 누운 채 그가 하는 대로 잠자코 있었다. 가끔 그는 동맥이 펄떡이고 있는 내 목에 시원한 물이 스며든 물수건을 가만히 놓아 주기도 했다. 나는 그의 움직임에 맞추어 모든 것을 인내하고 있었다.

토요일 밤, 나는 홀로 깨어 있었다. 천장에 자동차의 헤드라이트들이 환하게 밝아졌다가 희미해지며 사라지기를 반복하고 있었다. 꽤나 커다란 파리 한 마리가 날아와서는 내 주의를 어지럽게 날아다니며 무척이나 신경 쓰이게 했다. 한데, 파리가 나타나기 전과 후 방의 분위기가 확 달라져 버린 것 같았다. 나는 조금 성가시긴 해도 차라리 파리들이 계속 나의 주의를 산만하게 만들었으면 좋겠다고 생각했다. 하지만 이상하게도 더 이상 파리는 나타나지 않았다. 나는 절망적인 심정으로 파리의 귀환을 기다리고 있었다.

밤이 뱀처럼 똬리를 틀었다. 밤의 윤곽들이 뭉개진 듯 흐릿했다. 내 몸은 갈수록 발열이 심해졌다. 나는 불그스름해진 눈을 조용히 감았다. 목구멍이 강하게 조여드는 느낌이었다. 나를 수시로 지치게 하는 눈물도 이젠 다 말라 버린 듯했다. 더 이상 버틸 수 없을 정도로 부서져 버린 이 몸을, 잠들고 싶어 하지도 않는 나의 머리에 연결된 목 안 금속성 막대기를 나는 인식하기 시작했다. 그리고 나는 다시는 과거로 돌아갈 수 없는 나의 냉혹한 현실 또한 인식하기 시작했다.

불현듯 베아트리스가 생각났다. 그렇다, 베아트리스! 내겐 언제나 그녀뿐이었다. 나는 그녀가 있을 것만 같은 쪽을 향해 고개를 돌렸다. 무거운 침묵 속에서 귀가 앵앵 울렸다. 내 심장이 뛰는 박동소리가 느껴지는 것 같았다. 좀처럼 잠이 오지 않았다. 나는 하늘에서 땅으로 추락하던 그 마지막 순간들을 떠올려 보았다.

나의 사랑하는 아이들 래티티아와 로베르 장은 늘 나와 함께 지내고 싶어 했다. 그들은 베아트리스가 죽은 뒤에도 내가 늘 그녀와 함께 고통스럽게 머물러 있다는 것을 잘 알고 있었다. 또한 우리가 끝없이 서로 사랑을 나누며 자신들을 지켜 주고 있다는 것도 알고 있었다.

나는 이제 나의 아이들에게 전념해야 할 것이다. 베아트리스를 놓아주고, 고통스럽더라도 희망을 붙잡아야 할 것이다. 그녀를 놓아주기 전 나는 마지막으로 대화를 시도했다.

"사랑스러운 나의 베아트리스! 여보, 나야……."

대답이 없었다. 살아 있는 자들이 만들어 내는 소리가 죽은 이와의 대화를 가로막고 있는 것이었다.

"제발 대답을 해요. 이 어둠 속에 나 혼자 이렇게 내버려 두지 말고 말이오."

갑자기 암흑들이 빛을 내기 시작했다. 베아트리스는 전보다 더 아름다웠다. 나는 그녀를 보며 울고 있었다.

"당신이 너무 그리웠소! 당신은 내게 이 슬픈 기록들을 남겨 두고 떠나지 말았어야 했소. 자, 별빛 아래로 나와 산책을 나갑시다. 함께 걸읍시다. 내게 키스를 해 주오. 당신의 키스가 너무도 그립소! 아이들은 잘 지내고 있으니 걱정 마시오."

나는 아침에 올 간호사를 기다리며 잠이 들었다.

역자 후기

사람들과의 만남의 숭고한 가치를 깨닫게 해 준 고마운 책!

희망이란 무엇일까?

『1%의 우정』의 번역을 모두 마친 지금, 마치 오랜 여행에서 돌아온 것 같은 기분이다. 이 여행을 시작할 때 맨 처음 떠올렸던 단어 '희망', 그 희망에 대해 나는 생각한다. 이 책을 번역하는 과정에서 나는 '인생을 살아가면서 희망을 가질 수 있다는 사실만으로도 우리는 얼마나 행복하고도 벅찬 존재인가'라는 생각을 여러 번 했다. 실제로 살다 보면 우리는 희망을 품는 일조차 사치로 여겨질 정도로 암담하고 절망적인 상황을 만날 때가 간혹 있다.

우리의 인생은 단거리 경주보다는 마라톤에 더 가깝다. 아니, 정확하게 얘기하자면 우리의 인생은 실제 마라톤과는 비교도 되지 않을 정도로 길고 험난한 여정이다. 그 기나긴 마라톤 경주에서 어떤 불행한 일을 갑작스럽게 만나게 될지 우리는 알 수가 없다.

사랑하는 아내가 회복과 치료의 가능성이 매우 희박한 암에 걸려 시한부 인생을 산다. 거기다 엎친 데 덮친 격으로 자신마저 글라이딩 사고로 전신 마비 환자가 된다. 어쨌든 아내는 자신의 의지대로 몸을 움직일 수 있지만 자신은 남의 도움 없이는 한 발자국 움직일 수도, 하고자 하는 일을 전혀 할 수도 없다. 병든 아내를 돌봐 주어야 할 자신이 반대로 시한부 인생을 살고 있는 아내의 도움을 받지 않고는 하루도 연명해 나갈 수 없는 기막힌 상황에 그는 빠져 버린 것이다.

그런 그에게 어느 날, 더욱 짙고 암담한 절망의 그늘이 드리워진다. 끔찍한 패러글라이딩 사고로 전신 마비 환자가 된 지 3년도 채 지나지 않아 자기 자신보다도 더 사랑했던 아내 베아트리스가 세상을 떠나 버린 것이다. 자신의 병과 싸우는 일만으로도 힘겨웠을 아내가 전신 마비가 된 그를 헌신적으로 돌보다가 끝내 안타까운 죽음을 맞이하게 된 것이다.

도미노처럼 이어지는 재난과 역경 앞에서 좌절해 있는 주인공 필립에게 희망이란 것이 과연 존재하기나 할까? 그리고 그 두 글자의 단어가 그에게 더 이상 무슨 의미를 줄 수 있을까? 그럼에도 그는 끝내 자신의 삶을 살아 나가야 하고, 가슴 한복판에 희망의 싹을 품어야 한다. 그는 극도의 절망적인 상황에서 도저히 찾을 수 없을 것만 같은 희망을 어떻게 찾고 자기 것으로 만들어 갔을까?

그가 선택한 희망 찾기는 놀랍게도 '침묵'이었다. 그는 침묵하는 가운데 자신 안에 깊이 숨어 있는 또 다른 자신과 대면하고 관념의 세계를 찾아갔던 것이다.

> 천장이나 바라보며 누워 있던 시간들, 그리고 수많은 밤들……. 그 달들은 이제까지 한 번도 경험해 보지 못했던 풍요로움을 나에게 가져다주었다. '침묵', 침묵이 바로 그것이다. 무거운 침묵 속에 또렷한 의식이 나를 지배하고 있었다. 사실, 침묵은 활기라고는 없는 광활하고 황량한 황무지와도 같은 것이다. 미래에 대한 신앙은 침묵으로 이루어진다. 시간은 늘 어딘가로 흐르게 되어 있기 때문이다. 따라서 쓰라린 비탄을 딛고 삶의 요소들을 되찾기 위해서는 스스로 미세한 존재가 되어야만 한다.

선천적 장애가 있는 사람에 비해 후천적 장애를 가진 사람이 느끼는 고통의 크기는 통상 비교할 수 없을 만큼 크다고 한다. 후천적인 장애인의 경우, 이제까지 누려온 감각의 자유가 어느 한순간 갑자기 제한되어 버리기 때문에 그로 인해 태어날 때부터 장애를 안고 살아온 사람보다 훨씬 큰 고통을 느끼게 된다는 것이다. 필립 역시 마찬가지였다. 그는 40여 년을 건강한 몸으로 하고 싶은 일을 맘껏 하며 살다가 끔찍한 패러글라이딩 사고로 어느 날 갑작스럽게 전신 마비 환자가 되어 버렸기 때문이다. 그럼에도 그는 희망의 끈을 놓지 않고 희망에 대해 이야기한다. 그리고 그런 과정에서 그는 새로운 삶, 즉 '두 번째의 숨결'을 발견한다. 절망적인 상황에 놓인 그에게 결국 궁극적인 희망을 준 것이 바로 두 번째의 숨결이었던 것이다.

나는 감히 더욱 더 강하게 희망을 붙잡으려 한다. 내가 지금 체험하고 있는 것과 기대하고 있는 행복 사이의 간격이 내 안에서 희망이 생기도록 도와준다. 삶의 가치를 생생하게 인식하는 그 순간순간들 속에서 희망은 차츰 확산되어 가는 하나의 숨결 같은 것이다. 그 희망의 숨결이 바로 '두 번째의 숨결'이다.

마라톤 경주자들은 두 번째의 숨결을 매번 체험한다. 그것은 일종의 은총과도 같은 상태이다. 극한의 고통 뒤에 신기하게도 호흡은 더 부드러워지고 깊어지며 거짓말처럼 고통이 사라져 버리는 것이다. 나는 42년 동안 숨차게 달려왔다. 말하자면, 내가 살아온 1년의 시간이 마라톤의 1킬로미터에 해당하는 셈이다. 우리는 너무 성급하게 앞을 향해 달려가느라 제대로 숨을 고르지 못한 채 살고 있고, 조금이라도 더 빨리 결승점을 밟아 최고가 싶은 조바심에 무리하게 달리고 있는 건 아닐까! 수십 킬로미터를 달린 뒤에도 숨을 잘 고르고 잘 쉬는 마라토너가 결승점의 영광을 꿈꿀 수 있듯 우리의 인생도 그런 것이 아닐까! 혼자 달리는 마라톤이 없는 것처럼 우리의 인생도 서두르지 말고 멀리 보며 함께 달려야 하는 것이 아닐까!

과격하고 무례하기 짝이 없으며, 모든 일에 거침이 없는 압델은 곁에 다가가기조차 두려운 존재였다. 그런 의미에서 그는 그야말로 '앵뚜샤블(언터처블)'이었던 셈이다. 인간이 만든 법이란 그에게 아무 소용도 없는 것처럼 보일 정도였으며, 그는 명백한 사회 부적응자로 살아왔던 것이다.

그런 그가 어느 날 필립에게 다가왔다. 그런 그를 넉넉히 받아들이고, 그가 무슨 말도 안 되는 사고를 치고 골치 아픈 말썽을 부리든 탓하지 않고 넓은 가슴으로 받아들여주는 필립……. 사실, 압델 역시 대단한 사고뭉치이기는 했지만 그 누구보다 필립을 존중하고 사랑하며 그의 손과 발이 되어 그의 삶에 생기를 불어넣어 주었다.

'운명'이란 어휘를 동원하지 않고는 도무지 이해하기도 설명하기도 어려운 두 사람의 만남, 그것은 그 자체로 1퍼센트의 가능성만을 가진 희귀한 만남이었던 셈이다. 어쨌든 이후 완전히 상반된 사회적 배경과 성격, 그리고 삶의 조건을 가진 두 사람이 만나 제2의 삶을 힘차게 만들어 간다.

처음 이 책을 접하게 되었을 때 영화 속 주인공 필립의 삶이 누군가에 의해 순전히 만들어진 픽션이 아니라 실화를 바탕으로 하고 있다는 점에 상당한 충격을 받았다. 그 비참한 삶의 편린들이 책에 세세하게 소개되어 있지는 않지만, 그것을 상상하는 일만으로도 우리를 전율하게 만들기에 충분하다. 그러면서 우리는 동시에 우리 자신이 얼마나 행복한 사람인가를 깨닫게 된다.

그가 절망의 심연에서 건져 올린 희망의 메시지들을 되새김질하고, 그가 힘차고 유쾌하게 살아가는 모습을 상상하면서 나 자신의 희망을 발견하는 것, 그것이 바로 내가 이 책을 번역하면서 얻게 된 가장 큰 기쁨이자 소득이다.

어떤 상황에서건 희망을 갖는다는 것은 그 자체로 위대한 일이며, 또한 사람들과의 만남이란 그 자체만으로도 충분히 가치 있고 숭고하다는 것을 진지하게 생각해 볼 수 있는 계기를 마련해 준 이 책과 저자에게 고마움을 전하고 싶다.